acabus

MIRIAM SCHÄFER

Das Fehlen des Flüsterns im Wind

... UND ANDERE PHANTASTISCHE KURZGESCHICHTEN AUS DEM HALBDUNKEL

Schäfer, Miriam: Das Fehlen des Flüsterns im Wind … und andere phantastische Kurzgeschichten aus dem Halbdunkel. Hamburg, acabus Verlag 2020

2. Auflage
ISBN: 978-3-86282-563-9

Dieses Buch ist auch als eBook erhältlich und kann über den Handel oder den Verlag bezogen werden.
ePub-eBook: ISBN 978-3-86282-564-6
PDF-eBook: ISBN 978-3-86282-565-3

Lektorat: Kristin Hinz, ds, acabus Verlag; Tanja Mehlhase
Satz: Kristin Hinz, acabus Verlag
Cover: © Marta Czerwinski, acabus Verlag
Covermotiv: Hintergrund: Empty landscape with single cercis tree, © imagosrb, Vögel: Pigeons, © Alexey Protasov

Bibliografische Information der Deutschen Nationalbibliothek:
Die Deutsche Nationalbibliothek verzeichnet diese Publikation in der Deutschen Nationalbibliografie; detaillierte bibliografische Daten sind im Internet über http://dnb.d-nb.de abrufbar.

Der acabus Verlag ist ein Imprint der Bedey Media GmbH, Hermannstal 119k, 22119 Hamburg und Mitglied der Verlags-WG:
https://www.verlags-wg.de

Alles ist still. Die Wellen branden lautlos an den Strand.
Wieder und wieder. Im Rhythmus des Herzens.
Die Weite vor Augen, den Weg.
Gehalten von Liebe, ein Anker im Sand.
Es ist an der Zeit. Was war, bleibt.
Schwimm.

In Gedenken an Anne

Inhaltsverzeichnis

Lichtbringer

Dreonorths Haut brannte vor Kälte. Obwohl seine Nachtwache erst begonnen hatte, unterdrückte er nur mit Mühe ein Zähneklappern. Das Lagerfeuer zu seinen Füßen, kaum mehr als leise aufbegehrende Glut, die innerhalb eines schützenden Steinkreises schwelte, war nicht imstande, ihn zu wärmen oder die Welt bis zum Ende seines ausgestreckten Armes zu erhellen. Der eisige Wind, der vom Meer heraufzog, zerrte hungrig an seiner Kapuze und peitschte ihm vereinzelte Schneeflocken ins Gesicht. Sein Pfeifen erfüllte Dreonorths Ohren. Er war gewiss, was immer in der Finsternis lauern mochte, es wäre diesem ein Leichtes, sich heranzuschleichen und ihn hinterrücks zu erdrosseln. Die Nächte hier waren dunkel wie die tiefsten Abgründe der Hölle. Sie schienen nur darauf zu warten, ihn zu verschlingen, während der Sturm lärmte, um diese hinterhältige Tat zu vertuschen. Sie hatten in den vergangenen Tagen genug erlebt; er wusste, dies war ein Verderben bringender Ort. Je schneller sie von hier fortkamen, desto besser für sie alle. Aber noch lag die Anlegestelle ihrer Schiffe einen Tagesmarsch entfernt. Eher zwei, bedachte man die vielen Verwundeten.

Er schlang die Decke enger um sich und starrte in die Dunkelheit. Nebel stieg auf. Dreonorth wusste nicht, was schlimmer war. Die vollkommene Finsternis oder der dichte, unnatürliche Dunst, den die Böen jede Nacht vom Meer herantrugen und der die Gestalten und Gesichter aus seinen Albträumen mitbrachte. Nicht zum ersten Mal verfluchte er die Nachtschicht, dieses Land und seinen König, dessen Gier sie in diese vermaledeite Kälte geführt und der geweckt hatte, was nicht hätte geweckt werden dürfen.

Angespannt beobachtete Dreonorth, wie die Schwaden sich trotz des Sturms unaufhaltsam ausbreiteten. Sie waberten um den umgestürzten Baumstamm, auf dem er saß, ehe sie durch die Böschung auf das Feldlager in seinem Rücken zukrochen, dabei die weiße Mauer immer höher zogen und alles in Schweigen erstickten. Bleiche Arme liebkosten seine Schultern, strichen über sein Gesicht und benetzten seinen Bart und seine Augenbrauen mit Feuchtigkeit, die in der eisigen Luft sogleich gefror. Unruhig knetete er seine Hände. Die Finger waren trotz der schweren Handschuhe nahezu taub.

Plötzlich sprang Dreonorth auf, die Hand am Schwertgriff. »Wer da?«, zischte er, doch der Wind trug seine Worte davon. Er lauschte angestrengt, aber erhielt keine Antwort. Ein schabendes Geräusch vermischte sich mit dem Brausen des Sturms, als seine Klinge die Scheide verließ. Da war doch jemand! Oder hatte er sich getäuscht? Es war unmöglich, in diesem Nebel einen klaren Kopf zu bewahren.

»Paladin …«

Da! Eindeutig rief jemand nach ihm! »Eure Hoheit?«, fragte er zurück.

Wieder kam keine Antwort. Er korrigierte den Griff seiner Schwerthand und streckte seine steif gefrorenen Glieder, ehe er einige Schritte von der Feuerstelle zurücktrat. »Wer ist da?«

Diesmal spürte er das Flüstern direkt an seinem Ohr und es war so schneidend wie die Kälte, die ihn umgab: »Was glaubt Ihr, was Ihr hier tut?«

Er fuhr herum, doch auch hinter ihm stand niemand. Ein Windstoß blies Dreonorth die Kapuze vom Kopf. »Ich fordere Euch auf: Zeigt Euch!«

Unheimliches Gelächter erklang, aber noch immer war nichts zu sehen, nichts als weißer, flockendurchwirbelter Dunst, der sich lichtete und wieder zusammenzog. Dreonorth spähte angestrengt umher und wartete. Sein Herz schlug heftig unter der schweren Brustplatte. Nichts geschah. »Verfluchter Nebel«, knurrte er und wollte gerade auf seinem Baumstamm Platz nehmen, als die Stimme wisperte:

»Glaubtet Ihr, Ihr könntet ungestraft unser Land betreten und nehmen, was Euch beliebt? Ihr seid wahrlich töricht, Paladin!«

»Es reicht!«, donnerte Dreonorth und straffte sich. »Beim Namen König Leargats, ich befehle Euch, Euch zu zeigen!« Aufmerksam beobachtete er seine Umgebung. In einem Moment glaubte er, ein Gesicht im Nebel zu sehen, im nächsten war es fort. »Hexerei«, murmelte er zu sich. »Das ist Hexerei.« Lauschend verharrte er, aber bis auf das Brausen des Windes blieb es still. Er erwog flüchtig, ins Lager zurückzukehren und seinem Herrn zu berichten, was er gehört hatte, doch verwarf er den Gedanken alsbald. Schuld war dieses verdammte Land, es trieb sie alle in den Wahnsinn. Kein Grund, Alarm zu schlagen und die anderen wegen seiner Hirngespinste um den dringend benötigten Schlaf zu bringen. Stattdessen sank er auf ein Knie, stützte seine Hände auf die Parierstange seines Schwertes, schloss die Augen und konzentrierte sich. Die Klinge begann zu glimmen. Ein goldener Schimmer breitete sich von Dreonorths Händen über die polierte Schneide bis auf den steinigen, von einer dünnen Schneeschicht bedeckten Untergrund aus und weitete sich über mehrere Armlängen zu einem geweihten Kreis. Der Nebel verstärkte den Schein, fast wurde die Nacht zum Tag, bis ein besonders heftiger Windstoß ihm scharfe Eiskristalle ins Gesicht peitschte. Dann erlosch das Licht.

»Hübscher Zauber, Paladin!«, klang es höhnisch aus dem Nebel. »Aber Ihr könnt uns nicht besiegen! Dies ist unser Land!«

Dreonorth fluchte und erhob sich schwerfällig.

»Schaut hinaus aufs Meer!«, sang es euphorisch. »Seht Ihr die Wasser steigen? Mit der Flut kommt Euer Ende!«

»Genug!«, dröhnte Dreonorth und hob das Schwert. Er fuhr mit der linken Hand über die gesamte Länge der Klinge, bis der Stahl leuchtete, und stieß sie so geschützt einige Zentimeter in den gefrorenen Boden. »Beim Licht! Segnet diesen Ort und bannt den bösen Zauber!«

Schrilles Gelächter ertönte, die Nebelschwaden wirbelten wie vom Wind getragene Bänder um ihn herum.

»Zu spät, Paladin! Flieht, solange Ihr noch könnt!«, riet das Flüstern. »Hier erwartet Euch nichts als Verderben!«

»Tückisches Dämonenpack!«, schrie Dreonorth und riss die Klinge aus der Erde. Sein Zauber zeigte keinerlei Wirkung. »Zeigt Euch und kämpft, statt Euch feige hinter kindischen Jahrmarktzaubereien zu verbergen!«

Ein Knacken, so laut, dass es trotz Nebel und Wind sein Ohr erreichte, drang aus der Böschung hinter ihm und ließ ihn zusammenfahren. Mit erhobener Waffe schritt er dem dicht bewachsenen Uferstreifen entgegen. Als ein dunkler Schatten vor ihm auftauchte, spannte er die Muskeln. Nur ein wenig näher …

»Sachte, Bruder!«, keuchte der Schatten mit matter Stimme und Dreonorth ließ seine Klinge erleichtert sinken.

»Kjelder! Dem Licht sei Dank, Ihr seid es!«

Die Gestalt seines jungen Waffenbruders schälte sich langsam aus dem Nebel. Seine Schritte waren von den Kämpfen und der Flucht der letzten Tage träge, aber Dreonorth war es einerlei, zu groß war die Freude über seine Anwesenheit.

Mit einem Nicken deutete Kjelder auf die Klinge in Dreonorths Hand und wollte seinerseits zur Waffe greifen, doch Dreonorth schüttelte den Kopf. »Stimmen«, sagte er. »Böser Zauber, nichts weiter. Besser, nicht allein damit zu sein. Kommt ans Feuer.«

Noch einmal horchte er in den Sturm, aber das unmenschliche Wispern war verstummt. Er schob sein Schwert zurück in die Scheide, bot dem Ankömmling auf dem Baumstamm Platz und wickelte die Decke um seine Schultern. Jetzt wo die Stimmen schwiegen und die Gesellschaft seines Kameraden ihm Sicherheit bot, spürte er die Kälte wieder deutlich.

»Ich glaube, ich werde verrückt«, brummte Dreonorth und stocherte mit einem Ast in der Glut, um zu verhindern, dass sie erlosch.

Kjelder neben ihm nickte. »Dieses Land ist nichts für uns, Bruder. Je eher wir von hier verschwinden, desto besser«, wiederholte er, was Dreonorth bereits gedacht hatte. Die Worte kamen langsam und gepresst.

»Sagt das nicht mir.« Dreonorth spuckte auf den Boden, strich eine gefrorene Haarsträhne aus seiner Stirn und zog die Kapuze wieder auf, dabei musterte er den jungen Mann aus den Augenwinkeln.

Kjelders Gesicht wirkte fahl, die Augen lagen in dunklen Schatten und die Schultern hingen schlaff herab. Die Anstrengungen der vergangenen Tage hatten ihn sichtbar gezeichnet. Sein Atem ging schwer.

»Ihr solltet schlafen«, riet Dreonorth.

»Schlaf«, krächzte Kjelder abfällig. »Ob ich schlafe und davon träume, was mit den Spähtruppen geschehen ist oder im Zelt hocke und dem Land zuhöre, wie es meinen Geist vergiftet, das ist einerlei.«

Lange Zeit schwiegen beide und starrten dumpf auf die Funken, die aus dem angefachten Feuer stiegen.

»Wir werden niemals mehr von hier fortkommen«, flüsterte Kjelder dann. Der Wind schien das Echo seiner Worte wieder und wieder an Dreonorths Ohr zu tragen. Sein Blut gefror ihm in den Adern, als er den Freund ansah und ein seltsam entrücktes Lächeln um dessen Mundwinkel erkannte.

»Sagt so etwas nicht, Bruder«, begann er und stockte, denn das Lächeln auf den blau gefrorenen Lippen wurde breiter.

»Ihr werdet niemals von hier fortkommen!«, fauchte der junge Ritter und Dreonorth spürte einen stechenden Schmerz unterhalb der rechten Rippe. Er keuchte überrascht, stand auf und taumelte mit an die Seite gepresster Hand einige Schritte zurück. Als er die Finger von der brennenden Stelle nahm, klebte dunkles Blut auf seinem Handschuh.

»Kjelder … was …?«

Dieser kauerte vornübergebeugt auf dem Baumstamm. Ein metallisches Blitzen verriet den Dolch in seiner Hand.

Mühsam zog Dreonorth sein Schwert und richtete es auf seinen Angreifer. Er sah, wie sich Kjelders Körper hob und senkte, hörte, wie er keuchend nach Luft rang.

›Es ist dieser Nebel‹, versuchte er sich zu beruhigen. ›Nur der Nebel und dieses verfluchte Land. Ihn trifft keine Schuld.‹

Er fasste noch einmal an die blutende Wunde, dann, als der Junge keine Anstalten machte, ihn erneut anzugreifen, zwang er sich, ihm wieder entgegenzutreten. Er musste ihm helfen, den Irrsinn abzuschütteln, ehe sie einander umbrachten.

Doch als er sich ihm näherte, erschrak er: Kjelders Atem! Er erzeugte in der kalten Luft keinerlei Dunst! »Beim Licht«, rief er. »Kjelder!« Warum hatte er das nicht eher bemerkt?

Der Andere stand schwankend auf. Das bleiche Gesicht hob sich und Dreonorth sah, wie die Augen nach hinten kippten und nur das Weiße darin übrig blieb. Die Augenlider schlossen sich kurz, und als sie wieder aufsprangen, loderte dort ein Feuer aus violetten und schwarzen Flammen.

»Nein ...!« Er taumelte zurück. Seine Seite schmerzte, doch er achtete nicht darauf.

Aus der Kehle seines Kameraden drang eine Stimme, die nichts Menschliches mehr enthielt: »Seine Seele gehört jetzt dem Nebel! Und die Eure wird ihm folgen. Seht!« Kjelders Körper streckte einen Arm aus und deutete auf etwas hinter Dreonorth.

Er wollte dem Ding nicht den Rücken zuwenden, konnte aber nicht widerstehen. Er schaute über die Schulter zurück und erstarrte. Im Nebel erkannte er geisterhafte Umrisse, die über das Meer auf das Ufer zukamen. Boote. Boote, die aus dem gleichen düsteren Feuer zu bestehen schienen, das die Seele seines Freundes erfüllte. Boote, auf denen deutlich die Umrisse vieler, zu vieler, Krieger zu erkennen waren. Boote und Krieger, die im Schutz von Nebel und Sturm lautlos an die Küste schwemmten und mit Sicherheit alles Leben von diesem kalten Boden spülen würden.

»Die Flut bringt Euer Ende!«, krächzte Kjelder dicht hinter ihm.

Dreonorth wich zur Seite und wirbelte zu dem Wesen herum, sah, dass es den Dolch in den steifen Fingern auf ihn gerichtet hielt. »Kjelder …«, flüsterte er.

Die Kreatur lachte.

»Verzeiht mir«, sagte Dreonorth leise, hob ergeben sein Schwert und schlug mit einem Aufschrei nach dem Dolch. Trotz des auflodernden Schmerzes reagierte er sogleich auf die Ausweichbewegung des Geschöpfs, traf es am Arm und schmetterte das Messer aus dessen Griff. Dann hieb er ihm mit dem Schwertknauf ins Gesicht. Das Wesen, das Kjelder gewesen war, taumelte, Dreonorth rückte auf, stemmte ihm einen Fuß hinter die Fersen und schlug ein weiteres Mal zu. Kjelder stürzte zu Boden und Dreonorth setzte sich mit seinem massigen Körper auf ihn. Er nahm das Schwert und presste seinem einstigen Kameraden das Kreuz aus Griff und Parierstange auf das Gesicht. »Lasst ab von ihm, Geist! Dieser ist dem Licht geweiht!«

Die Augen flammten auf. »Ihr seid in unserem Land, Paladin. Hier gibt es kein Licht! Hier regiert das schwarze Feuer!«

Doch Dreonorth war nicht bereit aufzugeben. »Das Licht ist überall!«, rief er und reckte den freien linken Arm in die Höhe. Goldene Funken erwachten auf seiner Handfläche zum Leben und begannen dort zu tanzen.

Dreonorth spürte, dass er zu schwach für diese Art von Magie war, dennoch wollte er den jungen Ritter nicht seinem Schicksal überlassen.

Er verdrängte die nahenden Schiffe aus seinem Geist, sperrte den Schmerz aus, verbannte Kälte, Angst und Wind und wiederholte seinen Ruf: »Das Licht ist überall!«

Die Funken in seiner Hand stoben auf und begannen herumzuwirbeln. Sie bildeten eine goldene Kugel, benetzten bald seinen Arm bis zum Ellbogen mit einem funkelnden Film und trugen das Licht in die Nacht. Der Nebel wich zurück, doch Dreonorth bemerkte es nicht. Er senkte die Hand und legte sie auf das Herz seines Freundes. »Dieser ist dem Licht geweiht!«

»Ihr seid alle verloren!«, gurgelte das Geschöpf unter ihm, doch Dreonorth sah, wie das Feuer in den Augen zurückwich, wie das Weiße zurückkehrte und er verstärkte den Druck auf Kjelders Brust. Es schien Ewigkeiten zu dauern, doch dann waren Kjelders Augäpfel wieder zu sehen. Dreonorth erschauderte, denn er bemerkte erst jetzt, wie leer ihr Blick auf ihm ruhte. Sein Freund war längst tot.

Trotzdem bewegten sich die gefrorenen Lippen und in der Stimme, die erklang, erkannte er die seines Bruders: »Bringt es zu Ende, Dreonorth! Lasst nicht zu, dass sie von mir Gebrauch machen! Bitte …!«

Dreonorth zögerte nicht. Bereits als Kjelders Augen wieder in den Kopf kippten, richtete er sich mit letzter Kraft auf. Der Funkenball in seiner Hand erlosch. Noch ehe das Flackern in die Augenhöhlen zurückkehrte, holte er mit seiner Waffe aus und hieb seinem Freund den Kopf von den Schultern. Kjelders Blut färbte den Schnee rot.

Mit der Erschöpfung kehrte der Schmerz übermächtig zurück und Dreonorth sank kraftlos auf den Überresten seines Bruders zusammen. Er rang nach Atem und versuchte, sich nicht um das viele Blut zu scheren, das nun überall an ihm klebte. Es dauerte eine Weile, bis er sich wankend wieder aufrichtete.

In diesem Moment glitt der Bug des ersten Bootes an den Strand.

Als König Leargat wenig später aus dem Schlaf gerissen wurde, rang er den Schrei in seiner Kehle hinunter, da er in dem Schatten vor seinem Lager seinen Paladin erkannte. »Dreonorth, was …?«, fragte er mit Blick auf die blutverschmierte Klinge des Kriegers.

»Sorgt Euch nicht, Eure Hoheit«, beruhigte Dreonorth seinen Herrn. »Das Kämpfen hat nun ein Ende.«

Das Feuer in seiner Hand brannte schwarz.

Der Zaun

Es war der Zaun hinter dem Holzschuppen, der Lirian mehr als alles andere faszinierte. Er war hoch, so hoch, dass sein Ende die Wolken kitzelte und so lang, dass Lirian die Versuche aufgegeben hatte, um ihn herumzugehen. Nachts, wenn der Mond hell genug schien, warfen die engen Maschen ein Netz aus Schatten auf sein Bett, das im Licht zitterte.

Statt mit den Jungen aus seiner Klasse Fußball zu spielen, verbrachte er seine Zeit damit, auf dem angelaufenen Wellblechdach des Schuppens zu hocken und den Zaun im Auge zu behalten. Jeden Nachmittag saß er dort, beobachtete und wartete. Worauf, vermochte er nicht zu erklären, aber er war sicher, dass mit diesem Zaun etwas nicht stimmte. Sogar im Schlaf träumte er davon, seine Finger in die Maschen zu haken und das Gesicht gegen sie zu pressen, um bloß nichts von dem zu verpassen, was auf der anderen Seite geschah. Manchmal, wenn er im Traum hindurchblickte, meinte er, sich selbst als kleines Kind zu erkennen, wie er drüben auf dem Feld herumkrabbelte und bunte Blütenblätter in seinen Mund schob. Er glaubte fest daran, dass dies echte Erinnerungen waren, doch wenn er tags darauf seine Mutter danach fragte, zuckte die bloß die Achseln und erklärte gleichmütig, der Zaun sei schon immer dort und er, Lirian, niemals auf der anderen Seite gewesen. Trotzdem gab es für ihn keinen Zweifel: Der Zaun war mit den Jahren gewachsen. Lirian war sicher, damals, als er gerade in die Schule gekommen war, hatte er auf dem Schuppen sitzen und über den Zaun hinüberspähen können. Ein Jahr später hatte er sich dafür bereits recken müssen und irgendwann war das Ende nicht mehr zu erkennen gewesen. Als er seiner Mutter davon erzählte, schaute sie ihn sehr eindringlich an und verbot ihm für die nächste Woche, auch nur einen Fuß in den Garten zu setzen. Seitdem hatte er mit ihr nicht mehr über den Zaun gesprochen.

Auch sein Vater war ihm keine Stütze. Auf die Frage, warum man hinter dem Schuppen nicht weitergehen dürfe, antwortete dieser knapp: »Hinter dem Feld beginnen die Sümpfe. Du möchtest doch nicht im Sumpf steckenbleiben, oder? Der Zaun dient nur deiner Sicherheit.« Damit war das Thema für ihn erledigt.

Doch Lirian träumte weiter von dem Zaun und dem, was dahinter liegen mochte. Einmal hatte er das Warten derart satt, dass er begann, an ihm emporzuklettern. Doch er rutschte ab und stürzte zurück in den Garten. Er brach sich ein Bein und verbrachte mehrere Wochen damit, missmutig in seinem Zimmer zu sitzen und dem Zaun wütende Blicke zuzuwerfen. Als er wieder genesen war, dachte er, es sei an der Zeit, dem Zaun zu zeigen, wer der Stärkere von ihnen beiden war. Er wartete, bis seine Eltern schliefen, schlich im Mondschein in den Garten, holte den Spaten aus dem Schuppen und begann, ein Loch zu graben. Doch egal wie tief er grub, der Zaun nahm selbst unter der Erde kein Ende. Enttäuscht und hilflos griff er zum einzigen Mittel, das ihm blieb; er knipste mit der Gartenschere die Maschen entzwei. Aber sobald er den Draht an mehr als einer Stelle durchtrennt hatte, war der erste Schnitt auf wundersame Weise verheilt. Mutlos kehrte Lirian in sein Bett zurück und schwor, nie wieder auch nur einen Gedanken an den Zaun zu verschwenden.

Eine Weile gelang es ihm tatsächlich, dem Garten fernzubleiben. Doch irgendwann entschied er, der Zaun sei genug gestraft, und kehrte auf seinen üblichen Posten zurück. Es dauerte einen Moment, ehe Lirian merkte, dass sich etwas verändert hatte: Drüben, auf der anderen Seite, stand jemand. Er kniff die Augen fest zusammen und blinzelte einige Male, um sicherzugehen, dass er sich nicht täuschte. Doch ganz eindeutig wartete drüben auf dem Feld, nicht mehr als zwei Meter vom Zaun entfernt, ein Mädchen mit lockigem, braunem Haar und sah ihm erwartungsvoll entgegen.

»Da bist du ja wieder«, sagte sie.

Lirian konnte nicht antworten. Er legte den Kopf schief und starrte zu ihr hinüber.

»Ich sitze meistens dahinten im Baum«, sie deutete mit dem Daumen zurück über ihre Schulter. »Ich hab mich nicht getraut, zu dir zu kommen. Aber nachdem du jetzt so lange weg warst, hab ich gedacht ... naja, so langsam wird es blöd, wenn wir nie miteinander reden. Also: Hi!«

Lirian starrte sie unverwandt an.

»Ich bin Charlotte«, sagte das Mädchen. Und nach einer Weile: »Stört es dich, wenn ich hier bin? Ich kann auch wieder gehen, ich dachte nur …«

»Nein!«, rief Lirian rasch. »Ich bin nur … Ich bin Lirian.«

Charlotte lächelte und kam näher. Lirian stand auf und wollte vom Dach zu ihr hinunterspringen, als er mit offenem Mund stehen blieb. Charlotte schritt geradewegs durch den Zaun hindurch und begann, seine Leiter hinaufzusteigen!

»Wie … wie hast du … wie hast du das gemacht?«, stammelte er fassungslos.

Charlottes Gesicht tauchte über dem Wellblech auf. Verwirrt sah sie ihn an. »Was meinst du?«

»Der Zaun!« Lirian konnte es nicht fassen.

»Was für ein Zaun?« In Charlottes Gesicht stand echtes Erstaunen.

»Na, der Zaun, der …«, hilflos gestikulierend deutete Lirian auf die Stelle zwischen dem Garten seiner Eltern und dem Feld auf der anderen Seite, von dem Charlotte gekommen war.

»Geht's dir gut?«, fragte sie skeptisch.

Lirian schüttelte den Kopf. »Ich schwöre dir, da ist ein Zaun! Genau zwischen unserem Garten und der Wiese. Komm mit!« Er sprang vom Dach, trat an den Zaun und presste seine ausgestreckte Hand dagegen. »Hier!«

Charlotte ließ sich vom Schuppen gleiten und streckte ihrerseits die Hand aus. Doch statt wie er auf das Hindernis zu stoßen, stolperte sie vorwärts und stand genau auf der Grenze.

Mit weit aufgerissenen Augen starrte Lirian auf den Zaun, der mitten durch sie hindurchführte, doch Charlotte verzog die Lippen. »Sehr witzig«, sagte sie, packte sein Handgelenk und zog daran. Als er nicht einmal strauchelte, runzelte sie die Stirn. »Lehn dich dagegen«, befahl sie, und stemmte sich mit aller Kraft in seinen Rücken. Nach mehreren fehlgeschlagenen Versuchen betrachtete sie ihn kopfschüttelnd. Sie ließ ihn los und trat hinüber auf ihre Wiese, zurück zu Lirian, wieder auf die Wiese und in Lirians Garten, wobei sie die Luft eingehend untersuchte.

Lirian schauderte, während er zusah, wie sie sich durch den Zaun hin und her bewegte. »Das ist definitiv unheimlich.«

Aber Charlotte zuckte bloß mit den Schultern. »Dann besuch ich dich halt«, sagte sie leichthin und verlor kein Wort mehr über den Zaun.

Doch Lirian verfolgte er wie gewohnt bis in den Schlaf, auch wenn sich etwas verändert hatte. In seinen Träumen stand nun Charlotte auf der anderen Seite und lächelte ihm entgegen.

Sie trafen sich von da an jeden Tag. Manchmal ließ er sogar sein Mittagessen ausfallen, um vor ihr im Garten zu sein und sehen zu können, wie ihre Gestalt am Horizont auftauchte, immer näher kam und schließlich durch den Zaun zu ihm hinüberglitt. Sie unterhielten sich endlos. Lirian war es vor allem, der Fragen stellte, und Charlotte antwortete. Sie wusste immer eine Antwort, doch manchmal war er nicht sicher, ob sie nicht alles bloß erfand. Aber das war ihm egal. Als er nach dem Sumpf fragte, der hinter der Wiese lag, schaute sie ihn verdutzt an. Dann lachte sie, bis ihr die Tränen über das Gesicht liefen.

»Ich wohne doch nicht im Sumpf!«, kicherte sie. »Wenn du ans Ende der Wiese gehst, kommst du an einen Abhang, über dem dichte Wolken liegen. Um hinunterzukommen, musst du die Kraniche rufen. Sie nehmen dich auf ihren Rücken und tragen dich in die Stadt der tausend Türme. Dort sind die Dächer und Zinnen aus purem Gold, und wenn die Sonne auf sie scheint, dann funkelt es, als bestünde alles aus reinem Licht!«

Spätestens da war Lirian sicher, dass Charlotte ihm ein Märchen erzählte. Trotzdem sagte er: »Ich wünschte, ich könnte es sehen!«

Sie überlegte eine Weile. »Ich werde fragen«, antwortete sie.

Am nächsten Tag erschien Charlotte erst, nachdem Lirian bereits zum zweiten Mal zum Abendessen gerufen worden war.

»Lirian!«, rief sie atemlos und er blieb stehen, obwohl er wusste, dass es Ärger geben würde, wenn er zu spät zum Essen kam.

Charlotte hielt erst dicht vor ihm an. »Ich weiß es jetzt!«, keuchte sie und strahlte. Ohne Vorwarnung streckte sie sich und küsste ihn mit weichen, warmen Lippen auf den Mund.

Lirian war so verdutzt, dass er bloß dastand und sie anstarrte, während sie schon herumwirbelte und ihm noch einmal zuwinkte, ehe sie hinter dem Schuppen verschwand.

Beim Abendessen war Lirian sehr still und auch als er später in seinem Bett lag und der Mond das Schattennetz auf seine Decke zeichnete, waren seine Gedanken bei Charlotte. In der Nacht träumte er von ihr, wie sie durch den Zaun in seine Arme flog und ihn küsste und er fühlte, wie ihm Flügel wuchsen. Gemeinsam stiegen sie in die Höhe, um den Zaun zu überwinden, doch der war längst fort. Und er folgte ihr in die sagenhafte Stadt, die genauso war, wie sie es ihm erzählt hatte.

Als er am nächsten Morgen in den Garten blickte, erkannte er sofort, dass dies kein normaler Traum gewesen war. Es hatte funktioniert! Der Zaun war verschwunden! Lirian konnte gar nicht abwarten hinauszukommen, doch seine Mutter hielt ihn zurück. »Wohin gehst du?«, wollte sie wissen.

Hastig erzählte er von Charlotte und den leuchtenden Türmen, doch statt sich mit ihm zu freuen, wurde seine Mutter zornig und verbot ihm, jemals wieder mit jemandem von der anderen Seite zu sprechen. Sie drückte ihm die Schultasche in die Hand und drohte, wenn er es wagen würde, sich an den Zaun zu schleichen, dann könne er etwas erleben. Betrübt machte Lirian sich auf den Schulweg. Als er am Mittag nach Hause zurückkehrte, eilte er so schnell er konnte in den Garten. Doch dort wartete bereits seine Mutter mit in die Hüften gestemmten Händen auf ihn. Hinter ihr ragte eine Mauer in den Himmel.

Lirian taumelte zurück. »Was hast du getan?«, fragte er entsetzt.

»Ich versuche nur, dich zu schützen!«, sagte seine Mutter und ging ins Haus. »Eines Tages, wenn du selbst Kinder hast, wirst du es verstehen!«

Wie betäubt starrte Lirian auf die steinerne Wand. Er kletterte auf den Schuppen und stellte sich auf die Zehenspitzen, doch die Mauer war zu hoch. Da wurde ihm klar, dass er Charlotte nie wieder sehen würde. Mit schwerem Herzen schlich er in sein Zimmer und verkroch sich im Bett.

In der Nacht konnte er nicht schlafen. Sein Zimmer war dunkel, die Mauer sperrte das Mondlicht aus. Lirian konnte nicht anders, als wehmütig zurück an den Zaun zu denken. Plötzlich klopfte es an sein Fenster. Er schrak hoch und riss es hastig auf. Draußen stand Charlotte auf seiner Leiter und sah ihn fragend an. »Wo bist du gewesen?«

»Ich konnte nicht kommen, sie haben eine Mauer gebaut«, antwortete er niedergeschlagen.

»Was für eine Mauer?«, lächelte Charlotte. Sie beugte sich über die Fensterbank zu ihm hinüber und küsste ihn. »Träum schön«, sagte sie. »Wir sehen uns morgen.«

Hunger

Das Buch lag aufgeschlagen über der Armlehne des alten, zerschlissenen Sessels. Es fing mich im selben Augenblick, in dem ich das menschenleere Wohnzimmer betrat. Zahllose Erinnerungen drängten sich in diesem Raum, doch ich hatte bloß Augen für das Buch.

So, wie es da lag, schien es, als habe sie den Sessel gerade erst verlassen. Als habe sie es lediglich abgelegt, um in der Küche frischen Tee aufzugießen und als könnte ich noch die Wärme ihrer Finger auf dem Umschlag spüren, wenn ich ihn nur berührte.

Ich ging näher. Im Zimmer war es kalt. Lauernd blickte das Buch zu mir empor und wartete. Ich konnte mich nicht erinnern, es je in ihrem Regal gesehen zu haben. Sein Einband aus zerfurchtem Leder war abgegriffen. Ihn zierte kein Titel, es wirkte unscheinbar, harmlos, und doch kribbelten meine Fingerspitzen vor Neugierde.

Langsam streckte ich meine Hand und hob es auf. Es schien zwischen meinen Fingern zu pulsieren. Ich drehte es um, gespannt, welche Worte sie zuletzt darin gelesen haben mochte. Aber die Seiten waren leer. Verwundert blätterte ich zurück, doch überall erwartete mich nur weißes Papier. Ich klappte das Buch zu und öffnete es von Neuem. Und diesmal enthielt es lockende und flüsternde

Buchstaben, auf die meine Augen sich sogleich stürzten, um sie gierig zu verschlingen. Mit jedem Wort wuchsen meine Angst und mein Verlangen. Ich versuchte den Blick abzuwenden, aber es war zu spät. Die Zeilen hielten mich fest und zwangen mich weiterzulesen:

Das Buch lag aufgeschlagen über der Armlehne des alten, zerschlissenen Sessels. Es fing sie im selben Augenblick, in dem sie das menschenleere Wohnzimmer betrat. Zahllose Erinnerungen drängten sich in diesem Raum, doch sie hatte bloß Augen für das Buch.

So, wie es da lag, schien es, als habe sie den Sessel gerade erst verlassen. Als habe sie es lediglich abgelegt, um in der Küche frischen Tee aufzugießen und als könnte sie noch die Wärme ihrer Finger auf dem Umschlag spüren, wenn sie ihn nur berührte.

Sie ging näher. Im Zimmer war es kalt. Lauernd blickte das Buch zu ihr empor und wartete. Sie konnte sich nicht erinnern, es je in ihrem Regal gesehen zu haben. Sein Einband aus zerfurchtem Leder war abgegriffen. Ihn zierte kein Titel, es wirkte unscheinbar, harmlos, und doch kribbelten ihre Fingerspitzen vor Neugierde.

Langsam streckte sie ihre Hand und hob es auf. Es schien zwischen ihren Fingern zu pulsieren. Sie drehte es um, gespannt, welche Worte sie zuletzt darin gelesen haben mochte. Aber die Seiten waren leer. Verwundert blätterte sie zurück, doch überall erwartete sie nur weißes Papier. Sie klappte das Buch zu und öffnete es von Neuem. Und diesmal enthielt es lockende und flüsternde Buchstaben, auf die ihre Augen sich sogleich stürzten, um sie gierig zu verschlingen. Mit jedem Wort wuchsen ihre Angst und ihr Verlangen.

Sie versuchte den Blick abzuwenden, aber es war zu spät. Die Zeilen hielten sie fest und zwangen sie weiterzulesen.

Und sie nahm alles auf, was das Buch für sie bereithielt. Zu ihrer Furcht gesellte sich Wissen und zu ihm ein wachsender Schrecken. Doch sie las weiter, vollkommen gebannt, und verschlang, was das Buch ihr gab. Sie merkte nicht, wie sie sich verwandelte, dass sie nie wieder die sein würde, die sie gewesen war.

Und als es schließlich Zeit war zu gehen, blieb nichts zurück. Nur die Erinnerung und ein unscheinbares Buch, das in einem menschenleeren Zimmer wartend auf der Armlehne eines alten Sessels lag.

Purpurnacht

Die Gestalt erschien, als der letzte Sonnenstrahl hinter den fernen Bergen verschwand. Der Horizont brannte in dunklem Magenta und verhieß eine der seltenen Purpurnächte. Ein bleicher Dreiviertelmond stand bereits über den Baumwipfeln im Südwesten und wilde Wolkenfetzen jagten über das Firmament, das sich zur Nacht in ein schieferblaues Gewand hüllte.

Die Gestalt verharrte reglos zwischen den Brombeersträuchern. Hohes Gras umwogte sie wie ein Meer. Ihr langes Haar und der weite Rock des strahlend weißen Kleides flatterten lautlos im Wind. Sie war allein und in der wachsenden Dunkelheit kaum zu erkennen, obwohl ein leiser Schimmer, ein unergründliches Leuchten, sie umgab. Sie war Licht und Luft und Nichts, und doch so wirklich wie das Blätterrauschen in der Nacht. Ihre Augen waren schwarz und blickten sehnsuchtsvoll auf eine verfallene Kapelle, die vergessen und rankenüberwuchert am Ende der weitläufigen Senke zu ihren Füßen lag.

Stunden verstrichen. Die Gestalt blieb regungslos, nur der Wind zerrte an ihrem Haar und dem Kleid. Der Mond wanderte über den nun dunklen Purpurhimmel, verschwand hinter taubengrauen Wolken und brach in Begleitung funkelnder Sterne wieder hervor. Als sein Schein das

Dach der alten Kapelle berührte und die Nacht weit fortgeschritten war, erschien aus dem Nichts ein weiterer, größerer Schemen, von dem der gleiche rätselhafte Glanz ausging. Geräuschlos trat er hinter die Gestalt und umarmte sie. Seine Hände glitten um ihre Taille und griffen nach den ihren, hielten sie fest. Sie musste auf ihn gewartet haben, denn ein trauriges Lächeln huschte über ihr Gesicht, als sie sich zärtlich an ihn schmiegte. Sie lehnte den Kopf in den Nacken, an seine Schulter. Das Leuchten, das von ihnen ausging, wurde stärker.

Lange standen beide einfach da. Sein Gesicht ruhte in ihrem Haar, ihre Augen waren geschlossen. Der Schrei einer Krähe hallte durch die Nacht und mit einem Mal erfüllte zartes Wispern die Stille:

»Gehen wir?«, fragte er.

»Lass uns warten, bitte.«

»Aber deshalb sind wir hier.«

»Ich weiß nicht, ob die Entscheidung die richtige ist!«

»Eine andere Wahl haben wir nicht.«

»Das weiß ich doch, aber …«

»Hast du Angst?«

»Ja, ich habe Angst!« Der Wind wehte lichtbefleckte Haarsträhnen in das Gesicht der Frauengestalt, als sie sich ihrem Geliebten zuwandte und sich an seine Brust schmiegte. Dann sah sie ihn eindringlich an. »Wir werden alles verlieren, wenn wir jetzt heiraten. Vielleicht töten sie dich!«

»Es wird mich ebenso töten, wenn du ihn in zwei Tagen heiratest.«

»Du weißt, dass ich ihn nicht will! Er weiß es auch, vielleicht lässt Vater sich noch umstimmen! Aber wenn wir jetzt dort hinuntergehen, dann weiß ich nicht, was mit uns geschehen wird!«

»Wir könnten fortgehen.«

»Ich kann meine Schwester nicht im Stich lassen!«

»Sie könnte mit uns kommen.«

»Aber das wird sie nicht.«

Wolken legten sich auf den Mond.

»Dann … hast du dich dagegen entschieden?« Er schob sie ein Stück von sich weg und blickte ihr in die Augen. Wieder schrie die Krähe.

»Ich kann es nicht. Es tut mir leid! Ich werde morgen noch einmal mit Vater reden. Ich verspreche es dir! Wenn er uns seinen Segen gibt, ist alles in Ordnung.«

Er zog sie wieder an seine Brust und legte die Arme um sie.

»Das wird er niemals tun«, flüsterte er und küsste ihr Haar. »Du siehst so wunderschön aus in dem Kleid.« Seine Hände glitten ihren Rücken hinab. »Ich werde nicht mit ansehen, wie du die Frau eines anderen wirst.«

Das Messer war nicht zu erkennen, als er zustach. Nur ihre plötzlich schreckgeweiteten Augen verrieten, dass etwas geschehen war. Langsam erschlaffte sie in seinen Armen.

»Bitte verzeih mir.« Seine Finger berührten zart ihre Stirn, fuhren ihre Wangen hinab, hielten unter ihrem Kinn inne. Hoben es sacht. Als ihre Lippen sich berührten, schloss sie die Augen.

»Wir bleiben immer zusammen, ich verspreche es dir. Ich liebe dich.«

Der Wind zerriss ihr Abbild und trug es davon, als bestünde es aus Nebelschwaden.

»NEIN!« Der Ruf gellte so laut und plötzlich durch die Nacht, dass er die leisen Flüsterstimmen unwirklich erscheinen ließ, als habe es sie nie gegeben.

Die Krähe flatterte krächzend davon.

»Tu es nicht!« Die Stimme keuchte, jemand atmete schwer. »Warte!«

Über einen fast vergessenen Pfad näherten sich ungleichmäßige Schritte. Ein alter Mann erklomm die Anhöhe, auf einen schwarzen Gehstock mit reich verziertem, silbernem Griff gestützt. Er erreichte die Kuppe gerade rechtzeitig, um zu sehen, wie der verbliebene Schemen das Messer gegen sich selbst richtete.

»Nein!«

Die schimmernde Gestalt lächelte dem Neuankömmling entgegen. »Zu spät, alter Mann«, wisperte der Wind. Das Leuchten wurde schwächer. »Zu spät ...«

»Es tut mir leid!«, brüllte der Alte. Er stolperte und stürzte in das hohe Gras.

»Mir tut es auch leid ... sehr leid ...«, hallte es leise nach.

Der alte Mann weinte nun. »Ich verzeihe dir! Hörst du? Ich verzeihe dir!«, schrie er.

Eine Windböe heulte über die Hügel und rauschte durch die Blätter und Ranken der Sträucher. Als sie vorüber war, war auch die zweite Gestalt verschwunden. Im Gras blieb nur das Messer zurück, ein rostiger Zeuge der Taten vergangener Zeiten unter dem Purpurhimmel.

Es dauerte eine ganze Weile, bis das Weinen des alten Mannes verebbte. Als er sich beruhigt hatte, richtete er sich mühsam auf und hinkte zu der Stelle, an der die Erscheinung verschwunden war. Er sah zu der Ruine hinunter und betrachtete noch lange die Klinge zu seinen Füßen. Dann begann er den beschwerlichen Heimweg.

Ein Jahr später, auf den Tag genau, peitschten schwere Regentropfen über die verlassenen Hügel. Das hohe Gras war nass und schwer und von den Blättern der üppigen Brombeerbüsche rann das Wasser. Der Himmel war bereits schwarz, lange bevor die Sonne untergegangen war.

Wie ein flackerndes Licht kurz vor dem Verlöschen leuchtete das weiße Brautkleid zwischen den dunklen Schatten der Sträucher auf und verschwand, nur um sogleich wieder sichtbar zu werden. Trotz der unruhigen Nacht harrte die Gestalt geduldig aus, starr und unbeweglich, den traurigen Blick in die Finsternis gerichtet. Dorthin, wo die Überreste der Kapelle einsam zwischen Pappeln und Hecken auf das Brautpaar warteten, das nie gekommen war.

Der Himmel gab sein Bestes, sie zu vertreiben, doch sie rührte sich nicht.

Erst als Mitternacht vorüber war, gesellte sich der zweite Schemen zu ihr. Wie in jedem Jahr schloss er seine

Liebste in den Arm. Aneinandergeschmiegt standen sie da und schauten stumm in die Nacht hinaus.

Der Schrei der Krähe verkündete, dass es Zeit wurde.

»Gehen wir?«, wisperte es kaum hörbar durch den prasselnden Regen.

»Lass uns warten, bitte.«

»WARTET!«, unterbrach sie lautes Rufen. »Wartet, oh bitte, so wartet doch!«

»Aber deshalb sind wir hier«, fuhren die Stimmen unaufhaltsam fort.

Die Gestalt der Frau flackerte.

»Lass uns warten, bitte«, wiederholte sie.

Der Alte bewegte sich schwerfälliger als beim letzten Mal. Er stützte sich angestrengt auf seinen Stock, seine Kehle pfiff bei jedem Atemzug. »Wartet!«, keuchte er, als er den Pfad verließ und auf die beiden hellen Silhouetten zustolperte. Er fiel auf die Knie, als er sie erreichte. Er rang nach Luft und seine Hände, die den Stock umklammerten, zitterten.

»Tu es nicht, bitte!«, schnaufte der Alte. Er griff nach dem weißen Stoff des Kleides, aber fasste nur nasse Halme.

»Aber deshalb sind wir hier«, wisperte es weiter.

»Ich weiß nicht, ob die Entscheidung die richtige ist!«

»Eine andere Wahl haben wir nicht.«

»Doch! Die habt ihr, die habt ihr!«, rief der Greis dazwischen.

»Das weiß ich doch, aber …«

»Hast du Angst?«

»Ja, ich habe Angst!« Das Abbild flackerte. Die beiden leuchtenden Schatten lagen sich in den Armen. »Wir werden alles verlieren, wenn wir jetzt heiraten. Vielleicht töten sie dich!«

»Nein!«, brüllte der alte Mann, doch änderten seine Worte nichts am Verlauf des Gespräches.

Abermals schrie die Krähe.

»Mach' es nicht, bitte!«, weinte der Alte. »Was muss ich nur tun, damit es aufhört?«

»Ich kann es nicht. Es tut mir leid! Ich werde morgen noch einmal mit Vater reden. Ich verspreche es dir! Wenn er uns seinen Segen gibt, ist alles in Ordnung.«

»Das wird er niemals tun.«

»Doch!«, rief der Alte. »Ich gebe euch meinen Segen. Bitte!« Der Wind peitschte ihm das regennasse Haar ins Gesicht. »Ihr habt meinen Segen!«, brüllte er wieder, so laut er konnte.

Die beiden Gestalten flackerten. Erloschen und tauchten wieder auf. Nun lehnte sie wieder mit dem Rücken an ihm, wie nach dem ersten Schrei der Krähe.

»Gehen wir?«

Sie lächelte und drehte sich um, nahm seine Hand. »Wir gehen.«

»Du siehst so wunderschön aus in dem Kleid.« Seine Finger berührten zart ihre Stirn, fuhren ihre Wangen hinab, hielten unter ihrem Kinn inne. Hoben es sacht. Als ihre Lippen sich berührten, schloss sie die Augen.

Sie lächelte noch immer, als sie sich voneinander lösten: »Wir bleiben immer zusammen, ich verspreche es dir. Ich liebe dich.«

»Ich liebe dich auch.«

Und während sie Hand in Hand ins Tal hinunterschritten, wurde ihr Leuchten immer schwächer, bis es schließlich vollends verblasste.

»Es tut mir so leid …«, weinte der alte Mann immer wieder. »Es tut mir so leid. Das hätte nie geschehen müssen.«

Als der Ruf der Krähe erklang, griff er sich keuchend an sein Herz. Seine Hand krallte sich in sein Hemd, sein Stock glitt in der durchweichten Erde aus, so dass er der Länge nach hinfiel. Er wand sich in einem Krampf hin und her. Dann lag er still.

Als man ihn fand, hatte er noch immer die Hand auf sein Herz gepresst. Die toten Augen waren auf die Kapelle gerichtet, über der nun hunderte purpurne Blüten leuchteten. Auf seinem Gesicht stand ein Lächeln.

Ein Messer war weit und breit nicht zu entdecken.

Dyson

»In der alten Stadt auf der untersten Ebene existiert kein Leben mehr. Es gibt kein Licht, keine Luft. Und was am Schlimmsten ist: keine Hoffnung. Alles dort sind Erinnerungen, Erinnerungen an eine Zeit, an die sich niemand erinnern mag.«

Dyson schreckte aus seinem Dämmerschlaf. Die Worte seines Traumes hallten in ihm nach. Sie stammten aus einem Märchen, das er schon als Kind gemocht hatte, obwohl es traurig und melancholisch war. Keine Hoffnung. Wie konnte es keine Hoffnung geben? Was blieb ohne Hoffnung? Musste ein Mensch nicht schlicht auf der Stelle stehen bleiben und zu existieren aufhören, wenn es nichts mehr gab, woran er glauben konnte? Er verstand es nicht. Daher blieb die Frage seine größte Motivation, immer weiterzugehen.

Er rieb sich den steif gewordenen Nacken und stand auf. Trübes Licht fiel durch die Versorgungsschächte in den stählernen Korridor, in dem er gelegen hatte. Es musste etwa Mittag sein. Er reckte seine Glieder, nahm eine Nahrungskapsel aus dem Rucksack, zerkaute sie und schluckte. Wasser trank er nicht. Seit er sich in dieser tieferen Ebene befand, blieben die Notfallsäulen trocken und er hatte bisher keine Möglichkeit gefunden, seinen Bedarf an Flüssigkeit auch zukünftig zu decken. Er musste sparsam mit seinem Vorrat umgehen. Wer wusste schon, wie weit sein Weg noch sein mochte?

Er schulterte den Rucksack und lenkte etwas Körperenergie in seinen Handcomputer. Das schwache Glühen seiner Handfläche und die vertrauten Linien und Impulse der biometrischen Körperüberwachung vermittelten ihm ein beruhigendes Gefühl von Sicherheit. Davon abgesehen war das Ding so tief unten nahezu unbrauchbar. Von diesen Gängen existierten keine Karten oder andere Aufzeichnungen. Er aktivierte den Kompass und ging nach Westen. Geradeaus, immer geradeaus. Sein einziger Begleiter war der dumpfe Widerhall seiner Schritte auf dem kalten Metallboden. Dong. Dong. Dong. Dong. Stundenlang nichts als Schritte auf Stahl und fahles Licht in einem sonst dunklen, leeren Schlauch, der immer weiter geradeaus führte.

Dyson schlug die Augen auf, doch um ihn blieb alles schwarz. Irgendwo, weit, weit über ihm herrschte Nacht. Er hatte längst jegliches Zeitgefühl verloren. Sein Handeln bestimmte seinen Rhythmus. Er lief, solange seine Beine ihn trugen, und schlief, wenn er zu erschöpft war, um weiterzugehen. Gehen und Ausruhen waren sein Tag und seine Nacht. Das Licht des Computers flammte auf und in seinem Schein folgte er dem Gang nach Westen.

Als er die nächste Tür erreichte, markierte Dyson sie sorgfältig mit seinem Code, trug sie in seine Aufzeichnungen ein und scannte sie. Dann öffnete er ihren Riegel, der mit lautem Krachen aus der Führung sprang, und zog sie ein Stück auf. Das schrille Kreischen des Metalls hallte durch die Stille. Es war lange her, dass er zuletzt wegen dieses Geräuschs zusammengezuckt war. Heute fürchtete er nicht mehr, fremde Lebewesen zu wecken und sie aus ihren Schlupflöchern zu locken. Er schlief auch nicht mehr in den Sicherheitsnischen oder musste frischen Mut fassen, ehe er eine Tür öffnete oder um eine Ecke bog. Dyson ging einfach weiter und fürchtete nichts mehr. Nichts als die Einsamkeit.

Orangefarbenes Licht fiel durch den Spalt und er wartete, bis seine Augen sich an die Helligkeit gewöhnt hatten, ehe er die schwere Tür vollständig aufschob und durch die Öffnung in der nahezu meterdicken Trennwand in den nächsten Kubus stieg.

Er hätte mittlerweile an die gigantischen Container gewöhnt sein sollen, aber ihr Anblick verschlug ihm jedes Mal aufs Neue den Atem. Der Kubus maß, wie alle vorherigen, mehrere Quadratkilometer. Die Tür, durch die Dyson getreten war, befand sich im oberen Drittel der Außenhülle. Geländerlose Treppen und Wege zeichneten ein diffuses Muster auf die rostigen Metallwände, das einerseits strukturiert wie eine Karte wirkte, gleichzeitig aber so verwirrend war, dass ihm vom Hinsehen schwindelig wurde. Durch runde, in gleichmäßigen Abständen eingearbeitete Öffnungen strömte das kränkliche Licht in den Raum, wie brackiges Wasser aus einem Kanal. Und symmetrisch über die gesamte Fläche verteilt befanden sich Türen. Türen wie die, durch die Dyson getreten war. Türen, hinter denen sich Gänge verbargen, die kilometerweit geradeaus führten, von Kubus zu Kubus. Überallhin. Nirgendwohin. Die Existenz dieser Türen empfand Dyson bei jedem weiteren Anblick bedrückender, beinahe verhöhnend. Denn die unendlichen Möglichkeiten, die Kuben zu erreichen, schienen dennoch nicht genug zu sein. Nicht genug jedenfalls, um andere hierher zu führen. Nicht einmal genug, als dass er irgendwann, irgendwo auf Zeichen anderer gestoßen wäre. Noch nie. Niemals.

Dyson trat auf die Plattform, ohne in den schwindelerregenden Abgrund vor sich zu blicken. Er bog rechts ab, folgte dem balkonartigen Weg bis zur ersten Treppe und begann den Abstieg. 500 Stufen. Er musste sie nicht zählen und tat es doch. Das Geräusch seiner Schritte verlor sich in der enormen Größe des leeren Raumes. Die Stille erschreckte ihn. In den riesigen Quadern wirkte sie weit unheimlicher als in den Gängen, schon deshalb, weil Dyson wusste, was sie einst gewesen waren: Jeder Kubus war ein entkernter Wohntrakt. Genau wie Zuhause, genau wie oben. Hier hatten einst Menschen gelebt. Wie lange das her sein mochte, wusste Dyson nicht, doch ganz eindeutig war der gesamte Container bis auf die Träger sorgfältig ausgehöhlt worden. Zweifellos hatte man das kostbare Baumaterial für die neuen Ebenen benötigt. Für den Neuanfang. Aber was war mit denen geschehen, die hier gelebt hatten? Er schauderte, da er erkannte, dass er etwas mehr fürchtete als die Einsamkeit: Es war die Stille. Diese absolute, alles übertönende Stille. Diese Stille, die sogar noch lauter wurde, wenn er sie brach.

Er blieb stehen. »Ich bin noch hier!«, rief er herausfordernd in den Raum.

Aber nicht einmal ein Echo antwortete ihm. Sein Ruf verklang ungehört im Nichts und die Stille wog schwerer als zuvor.

Am Ende der Treppe wechselte Dyson die Richtung und stieg weitere 500 Stufen gen Süden hinab. Nochmal 500 Stufen nach Norden, 500 nach Süden. Am Grunde des Kubus angelangt verharrte er, blickte hinauf und versuchte vergebens, sich nicht verloren und unbedeutend zu fühlen, wie er dort stand, allein, umgeben von Leere und Stille in einem Raum so groß, dass einst eine ganze Stadt hineingepasst hatte.

Der nächste Gang endete abrupt. Zuerst wähnte Dyson sich in Reichweite einer Tür, doch als er die lichtlose Stelle am Ende des Korridors erreichte, stand er vor einer massiven Wand. Eine Wand ohne Tür, der erste Gang mit einem Ende. Er war in eine Sackgasse geraten. Ohne Zögern trug er sie in seine Notizen ein, machte kehrt und folgte dem Weg zurück. Schier endlose Kilometer immer geradeaus. Zurück in den letzten Kubus.

Ein weiterer Tag. Eine weitere Nacht. Ein weiterer Gang. Auch dieser: eine Sackgasse. Dyson notierte sie und kehrte um. Gehen und Ausruhen. Er wählte eine andere Tür, noch eine und noch eine. Doch alle Wege endeten wie der erste, alle endeten vor einer Wand.

Ein Traum. Er erwachte vom Klang seiner eigenen Stimme. Sie erschien ihm fremd. Aber was wusste er schon? Wie lange war es her, dass er Stimmen gehört hatte? Wie lange her, dass er andere als die seine gehört hatte? Allein Ewigkeiten, seit er sich zuletzt eingebildet hatte, fremde Stimmen zu hören. Ewigkeiten, seit er zuletzt den Gespinsten seines Verstandes nachgejagt war, noch länger, dass er sich vor ihnen versteckt hatte.

Achte nicht auf sie, sagte er sich selbst. Höre nicht auf die, die von Hoffnungslosigkeit sprechen. Nicht einmal, wenn du es selbst bist.

Seine Zeit war um. Sein Wasser ging zur Neige. Er fand den Weg nicht mehr. Er war den Türen gefolgt, allen Türen am Grunde des Kubus. *»In der alten Stadt auf der untersten Ebene existiert kein Leben mehr ...«*, flüsterte Dyson, wie um die Stille nicht zu stören.

Langsam durchmaß er den Container und sank endlich neben einem der Träger zu Boden. Er lehnte seinen Rücken gegen den kühlen Stahl und ließ seinen Blick über die Etagen der Außenhülle bis hinauf zur Decke wandern. Doch von so tief unten konnte er die Tür, die ihn hierher geführt hatte, nicht sehen. Sie war ein schwarzer Fleck von vielen, irgendwo dort, weit über ihm.

Und jetzt? Zurück? Oder weiter nach Norden/Osten/ Süden/Westen zum nächsten Kubus? Was, wenn es auch dort kein Weiter gab? Kein Tiefer? Was, wenn er am Ziel war?

Die alte Stadt auf der untersten Ebene.

Doch das hier war keine Stadt! Das war nichts als eine Hülle. Die alte Stadt war anders. Anders als die Kuben. Nicht Stahl, nicht kalte Technik, nicht Rohre mit Licht, sondern ... sondern ... anders. Echter. Wärmer. Es musste so sein.

Er lag lange da, starrte nach oben und stellte sich vor, durch Kuben und Ebenen bis in die sternenklare Endlosigkeit des Raums zu blicken. Wie tief war er vorgedrungen? Die Frage ließ ihn schwindeln. Ohne nach der Antwort zu suchen, schlief er ein.

Es war Zufall, dass er die Bodenklappe im Innern des Trägers entdeckte. Er hatte die Stützpfeiler für durchgehend massiv gehalten. Doch nun kauerte Dyson in einem winzigen Raum und starrte auf die Platte vor seinen Knien. Die Plombe am Riegel hatte er bereits aufgebrochen, das Schloss der Computer für ihn geknackt. Doch der Warnton, der nach dem Scan der Tür erklungen war, ließ ihn zaudern. »... *Es gibt kein Licht, keine Luft* ...«, wiederholte Dyson die ihm wohlbekannten Worte.

Er straffte die Schultern und atmete tief ein. Dann zog er den Mundschutz seiner Jacke nach oben, hielt die Luft an und zog die Klappe mit aller Kraft auf. Er wich so weit zurück, wie der begrenzte Raum es ihm erlaubte. Es gab ein leises, zischendes Geräusch, gefolgt von einem lauten Knall, mit dem die Platte gegen die Wand krachte. Als Dyson wieder zu atmen wagte, nahm er einen muffig, fauligen Geruch wahr, anders als die abgestandene Luft der leeren Gänge. Er kletterte eilig aus dem Träger und entfernte sich von der Öffnung, ohne einen Blick hineinzuwerfen.

Stille und Schwärze schlugen ihm entgegen, als er sich später über das dunkle Loch beugte. Er streckte seine Hand hinein, doch da war nichts, was das Licht seines Computers hätte beleuchten können. Ein leises Piepen warnte ihn erneut vor Schadstoffen in der Luft, weshalb er den Mundschutz nicht ablegte.

Auch dort unten war alles still. Es war nichts zu hören und nichts zu sehen, nichts als seine in bläuliches Glühen getauchte Hand in endloser Dunkelheit. Keine Treppe, keine Stiege, keine Wand. Nur Schwärze.

Dyson sprang.

Sein Fall endete rasch. Er prallte auf etwas Hartes, das unter seinem Gewicht zerbrach, polterte weiter auf einen Gegenstand, der ein dumpfes Geräusch von sich gab, als Dyson auf ihm landete und gemeinsam mit ihm eine Art Berg hinabrollte. Dysons Augen waren fest geschlossen. Das schrille Piepen des Computers warnte ihn wegen seines rasenden Herzschlages. Ecken, Enden und Kanten stachen ihn in Arme, Rippen und Rücken. Gepolter und Gerumpel dröhnten laut in seinen Stille gewohnten Ohren. Sein Gesicht rutschte in etwas Weiches, Stinkendes, er prellte sich Knie und Ellbogen und als er endlich zum Stillstand kam, schlug etwas hart gegen seine Schläfe. Er verlor das Bewusstsein.

Sein Kopf pochte, als er erwachte. Der Computer piepte unangenehm laut, und als er seine Stirn berührte, fühlte er, dass Blut sein Haar verklebte. Vorsichtig richtete Dyson sich auf. Es gab kaum eine Stelle seines Körpers, die nicht schmerzte, und ein Blick auf seine Biodaten verriet, dass mehr als ein Knochen gebrochen war. Trotzdem hob er die Hand und folgte mit den Augen dem Schein seines Computerlichtes, das er langsam über schattenhafte Umrisse lenkte.

Es dauerte eine Weile, ehe er erkannte, um was es sich handelte. Um ihn verteilt lagen Kisten und Kästen, Überreste verrotteter Gegenstände, Berge von Schutt, Staub und Asche. Der gesamte Berg, den er hinabgefallen war, bestand aus Plunder, aufgeschichtetem Gerümpel und, wie er schaudernd feststellte, aus Knochen. Vieles musste unter seinem Gewicht zerfallen sein, anderes schon lange zuvor seine ursprüngliche Beschaffenheit verloren haben. Dyson leitete mehr seiner Körperenergie in den Computer und ignorierte dessen eindringliche Warnung. Das Licht strahlte heller. Bedächtig leuchtete er seine Umgebung ab, während er zwischen dem Schutt umherhumpelte.

Einiges erkannte er. Dies musste ein Bettgestell gewesen sein. Dort ein Tisch, ein Regal, eine Tür, etwas, das aussah wie ein verspieltes Modell eines Kinderwagens. Und überall Knochen. Menschliche Knochen.

Und plötzlich verstand er, was der Berg und die Knochen unter der versiegelten Luke bedeuteten. Das Licht in seiner Hand flackerte und wurde schwächer, als seine Knie nachgaben und er zu Boden sank. Mühsam schleppte er sich weiter, vorwärts, bis er an eine Mauer kam. Sie war aus Stein, nicht aus Stahl. Als er die Hand hob, um sie zu berühren, rieselte Sand aus ihren Fugen und das schwindende Licht des Computers fiel auf verblasste Buchstaben, die von Hand darauf gepinselt worden waren:

»Einen Fehler durch eine Lüge zu verdecken heißt, einen Fleck durch ein Loch zu ersetzen. – Aristoteles«

Und obwohl Dyson nun wusste, dass alles eine Lüge gewesen war, dass jedes Leben, das auf den immer neuen Ebenen aufgebaut, auf einer Lüge errichtet worden war, wurde sie durch ihn zur Wahrheit. Es hatte Hoffnung gegeben! Doch durch dieses Erkennen starb die seine.

Und schließlich gab es in der alten Stadt auf der untersten Ebene niemanden mehr, der lebte. Sein Licht erlosch. Dyson nahm den Mundschutz ab und rutschte mit letzter Kraft an die Mauer heran. In ihrem Schutz rollte er sich zusammen, wie ein kleines Kind, und blieb dort liegen.

WURZELWAISE

Die Schritte des Mädchens wurden schneller. Immer wieder schaute es im Laufen zurück, warf rastlose Blicke nach rechts und links, wo die Dämmerung bereits im Unterholz nistete, eilte weiter. Es vermochte das Gefühl nicht abzuschütteln, dass etwas ihm folgte, es jagte, kalte und knochige Hände nach ihm reckte.

Ein lautes Knacken wie vom Brechen dicker Äste ließ es zusammenfahren und mitten in der Bewegung erstarren.

»Kehr um, kehr um!«, ächzte der Wald.

Das Mädchen sah angstvoll nach allen Seiten. Der Pfad vor ihm verengte sich. Die Bäume wuchsen hier höher, standen dichter, neigten sich mehr und mehr zueinander, sperrten das vergehende Tageslicht aus. Der Weg war wenig einladend, doch zurück, so spürte das Mädchen, konnte es nicht gehen. Es tat einen zögernden Schritt nach vorn.

»Kehr um!«, fauchte der Wind und fuhr ihm drohend ins Haar.

Das Mädchen wirbelte herum und blickte taumelnd hier- und dorthin.

»Ist da jemand?«, flüsterte es. »Wer ist da?«

Wieder knarrte Holz, krachte. Ein dicker Baum links des Weges ächzte. Das Mädchen glaubte seinen Augen nicht zu trauen, als das Wurzelgeflecht der Weide sich geräuschvoll und in langsamen, stockenden Bewegungen übereinander und auseinander zu winden begann, bis sich daraus etwas emporhob, was ein Kopf sein mochte. Ein Kopf aus rauer, zerfurchter Borke, mit einem verästelten Kranz ähnlich einer Krone darauf.

Das Mädchen schrie und wich zurück.

»Schhh«, machte das Wurzelwesen und öffnete zwei runde, braune Augen. »So finden sie dich!«

»Wer?« Argwöhnisch und mit genügend Abstand beäugte das Mädchen die Wurzel.

»Spürst du sie nicht?«, flüsterte die tiefe, knurrige Stimme. »Die Irrwesen. Sie durchstreifen den Wald, locken und rufen und wenn sie jemanden finden, jemanden wie dich, dann lassen sie ihn nicht mehr gehen. Sie greifen mit ihren eisigen Fingern nach deinem Herzen, bis es schweigt, und nehmen deine Seele mit hinein, mit in die Finsternis im tiefsten Kern des Waldes. Kehr um. Lauf! Geh nach Haus!«

»Aber ich habe mich verirrt!«, rief das Mädchen voller Angst. »Lass mich weitergehen, irgendwann finde ich aus dem Wald hinaus!«

Knarrend legte das Wurzelwesen den Kopf auf die Seite, als überlegte es. Sein Gesicht war das eines Kindes, rund und unschuldig, mit großen Augen, die sich fest schlossen, wenn es lächelte.

»Weiter kannst du nicht gehen«, sagte es und wieder knackte das Holz, als breche es entzwei. »Der Wald wird dich hindern und dann werden sie da sein … Aber ich könnte dir helfen.«

»Das würdest du tun?« Erleichterung schlich sich in die Stimme des Mädchens.

»Allerdings müsstest du meine Pfade betreten, ich kann hier nicht fort.«

»Deine Pfade?«

»Wege von Wurzel und Baum, Wasser und Leben«, lächelte das Borkengesicht mit geschlossenen Lidern.

»Und da können die Irrwesen nicht sein?«

»Oh doch, sie können. Aber solange ich bei dir bin, werden sie nicht wagen, dir nahe zu kommen.«

Das Mädchen zögerte, betrachtete das Wurzelwesen genau, das wieder seine eckigen Bewegungen vollführte und lächelte, wobei es die Augen zusammenkniff.

»Entscheide dich rasch, sie sind bald hier!«

»Was muss ich tun?«, fragte das Mädchen.

»Gib mir nur deine Hand«, sagte das Wurzelgeschöpf, streckte knarzend seine hölzernen Glieder und hob einen Strunk mit fein verästelten, fingergleichen Enden in die Höhe.

Noch einmal sah das Mädchen sich um, zauderte. Als der Wind gespenstisch durch das Unterholz raschelte, griff es entschlossen zu.

Es ächzte und knackte. Wieder bewegten sich die Wurzeln des Baumes, wucherten, griffen ineinander, schneller diesmal, umschlangen, hielten, gaben nicht frei. Das, was brach, waren Knochen, als die Wurzelwaise den Körper des Mädchens mit sich unter die Erde nahm.

Bald wehte der Wind über einen menschenleeren Pfad, die Dämmerung breitete sich aus und ebnete der Nacht den Weg. Blätter rauschten und die Wesen des Waldes erwachten allmählich. Doch eine war bereits wach. Die Wurzelwaise war wach und sang ihr Lied:

>>Ich war eine Weide
stattlich und rein
ich war eine Waise
einsam, allein
kommst du zu mir leise
schon bist du mein.<<

Eskimo und Schmetterling

Unsagbar weit erstreckt sich das Weiß. Bis in den Horizont, weit und weiß. Und rau. Wunderschön und rau und heute bedrohlich und unendlich endlos.

Beißend der Wind, der glitzernd das Eis der unbefestigten Straße aufwirbelt und den geblendeten Augen die Sicht in die Weite immer wieder nimmt, Eis- und Schneedünen verformt, den Weg lebendig macht, die Landschaft fortwährend wandelt.

Geflochtene Schneeschuhe knarren und lassen den Boden darunter knirschen. Oder das Leder der Stiefel. Stille, nur Knarren und Knirschen, das Pfeifen des Windes, keuchender Atem, das Rauschen des Blutes in den Ohren.

Jeder Schritt kostet Kraft. Weiter, nur weiter. Lass es nicht Nacht werden. Weiter. Es muss. Du musst. Leben.

Unaufhaltsam bricht die Dunkelheit über das Firmament herein, rötet die Sonne, drückt sie hinab, befleckt die letzten Strahlen. Erst grau, dann blau und schwarz. Kälter, viel kälter. Bewegung hat oberste Priorität, nicht stehen bleiben, nicht die Orientierung verlieren, weiter, immer weiter.

Doch die Kraft schwindet. Schritte werden schleppend, Hunger und Müdigkeit überwältigend. Der Untergrund aus blankem Eis, krachend, keine Möglichkeit einen schützenden Unterschlupf zu bauen.

Als schließlich das Nordlicht flackernd seine unheimliche sowie majestätische und allgegenwärtige Schönheit über die Arktis senkt, wird die Vergeblichkeit der Anstrengungen gegenwärtig.

Das Ende.

Der Gedanke trifft überraschend sacht, wie die leise Berührung eines Wimpernschlags auf der unmaskierten Haut. Ein Flügelschlag.

Auf dem Weg in den Frühling gescheitert.

Unwillkürlich der Gedanke an die kleine Blechdose an der Seite. Fliegen solltest du. Fliegen.

Gescheitert.

Und so fliegst nicht du in die Freiheit, sondern ende ich, wie du, gefangen, zu Eis erstarrt, für die Ewigkeit.

CLAIRE

Mein Name ist Claire Asbury. Zumindest behauptet der Mann, der vorgibt, mein Gatte Benjamin zu sein, dies Tag für Tag.

»Du bist Claire Asbury, meine geliebte Frau.«

Er sagt ›geliebte‹, aber seine Liebe hat nichts Warmes an sich. Er ist mein Kerkermeister. Am Tage, wenn er fort ist und seinen Geschäften nachgeht, haben seine Mutter und die Diener ihre wachen Augen auf mir. Nachts kehrt er heim, kriecht in unser Bett, nimmt mich, schläft neben mir und fängt mich ein, wenn ich nicht anders kann, als dem Ruf, der durch die geschlossenen Fenster ins Haus und durch mein Ohr bis in mein Herz dringt, zu folgen, wenn ich ihm lausche und fort will. Fort. Frei sein.

Wer bin ich?

»Du bist Claire Asbury, meine geliebte Frau.«

Ich erinnere mich an nichts aus der Zeit vor meinem Leben in diesem großen, dunklen Haus. Diesem Haus mit seinen vielen leeren Zimmern, den schweigsamen Bediensteten und den hohen, schmalen Fenstern, die viel zu oft mit schwerem Brokat verhangen sind. Sie sind wie Augen mit fest geschlossenen Lidern, die mir den Blick in die Seele der Welt dahinter verwehren.

Wie lange diese Mauern mich bereits gefangen halten, vermag ich nicht zu beurteilen. Es scheint eine Ewigkeit zu sein. Draußen liegt jetzt Schnee, genau wie zu der Zeit, als ich hier erwachte. Ist es der dritte oder vierte Winter? Ich kann mich kaum erinnern. Die Tage sind gleichförmig, verstreichen ohne jede Besonderheit und fließen rückstandslos ineinander wie die Farben in einem Aquarell.

Das, was draußen ist, ruft nach mir. Tag für Tag, Stunde um Stunde, Nacht für Nacht. Ich weiß nicht wer, noch was es ist, ich spüre nur diesen Ruf, als sei ich eine Mutter, die ihre Jungen verloren hat und ihr Klagen unaufhörlich mit sich trägt. Mein ganzes Sein möchte ihm folgen. Aber ich darf es nicht. Man lässt mich nicht. Ich bin eingesperrt in diesem hochherrschaftlichen Haus mit den kostbaren Möbeln und den ernsten Portraits, deren Blicke mir vorwurfsvoll zu folgen scheinen, wo immer ich mich hinbewege. Niemand dieser in Öl festgehaltenen Ahnen ist der meine. Diese geraden Brauen, die tiefliegenden Augen, die langen, geraden Nasen und schmalen Lippen, all diese Dinge kennzeichnen die Familie von Benjamin. Den Asburys sieht man ihre aristokratische Herkunft auf den ersten Blick an.

Ich bin ganz anders.

Wenn ich in den Spiegel schaue, dann erwartet mich kein schmales, markantes Gesicht, sondern ein rundes und weiches. Ich sehe riesige, bernsteinfarbene Augen, deren trauriger Blick mir etwas mitteilen möchte und die ich doch nicht verstehe, obwohl es meine eigenen sind. Meine Nase ist ganz klein und spitz, der Mund eine winzige Knospe.

Mein Haar ist überwiegend dunkelbraun, wie die Borke einer gesunden Tanne, doch durchzogen von helleren bis hin zu weißen und sogar schwarzen Strähnen, und es wird jeden Morgen von meiner Schwiegermutter zu kunstvollen Frisuren gesteckt, so dass man dieses Durcheinander der Farben nicht sieht.

»Man könnte fast annehmen, der gute Ben habe dich geradewegs aus dem Wald geholt, wenn man dein scheckiges Fell so betrachtet«, keift sie tagtäglich, voller Genugtuung an etwas herummäkeln zu können, während sie mir mit den Kämmen kräftig durch das Haar fährt, es abteilt, festklemmt, flicht und hochsteckt, bis sie der Ansicht ist, ich sei ihrem Namen würdig oder wenigstens gesellschaftsfähig. Nicht, dass sie mich je wahrhaft in die Gesellschaft anderer ließe.

»Die junge Mrs. Asbury ist schwer krank«, erzählt sie in der Stadt.

Und doch muss auch ich, wie alles in diesem Haus, einen gewissen Schein wahren. Es könnte mich schließlich ein Dienstbote am Fenster oder im Flur erblicken. Nicht auszudenken, wenn ich nicht zurechtgemacht wäre! Was würde man über sie tuscheln, über sie, die Dame Asbury, die ihre kranke Schwiegertochter derart verkommen ließ. Nicht auszudenken!

Manchmal lausche ich den Stimmen, die aus der Küche dringen, wenn Lieferanten Lebensmittel, Kohle oder Feuerholz bringen; nur um die Gewissheit zu behalten, dass eine Welt außerhalb dieses Hauses existiert.

Warum der junge Herr nicht in Erwägung zöge, sich eine neue Frau zu nehmen, wo seine Gattin doch so krank ist, hörte ich sie vor Kurzem reden.

Ach, wenn er es doch täte. Wenn er sich doch eine andere nähme und mich gehen ließe! Was für eine Aussicht bot sich mir da! Doch als ich Benjamin am Abend davon erzählte und ihm eben dies vorschlug, selbstverständlich nicht um meinetwillen, sondern vor allem, damit er endlich seinen Erben bekäme und unbeschwert leben könne, ohne mich, die ihn belastet, da lachte er und umarmte mich, wie es wohl ein wahrhaft Liebender getan hätte, und sagte, ich könne doch nicht ernsthaft annehmen, er würde auch nur einen Tag ohne mich überleben. Und dann liebte er mich, so wie jede Nacht. Nicht grob, nicht zärtlich, er tat es einfach und ich gab mich ihm hin und war doch nicht sein, war mit dem Herzen weit fort. Fort von ihm und diesem Ort.

Wie großmütig der junge Herr doch sei, sich so sehr dem Wohlbefinden seiner kranken Frau unterzuordnen. Was müsse das für eine einzigartige Liebe sein, hörte ich sie am nächsten Tage in der Küche flüstern. Was könne die junge Mrs. sich doch glücklich schätzen!

Aber ich war nicht glücklich. Und ich bin es auch heute nicht. Ich bin nicht glücklich. Ich bin gar nicht. Es gibt mich nicht. Alles was ich fühle, wonach ich mich sehne, ist weder greifbar für mich, noch zu erklären. Ich bin nicht.

Und vor allem bin ich nicht Claire Asbury. Dessen bin ich sicher, egal was Benjamin, egal was irgendjemand mir sagt. Doch wer bin ich?

Und was bin ich?

»Du bist Claire Asbury, meine geliebte Frau. Schlafe jetzt.«

Das Erste, woran ich mich erinnern kann, ist das Dunkel. Ich weiß noch, als wäre es gestern gewesen, ich erwachte und alles um mich herum war vollkommen finster und still. Unnatürlich still. Die Dunkelheit war allumfassend, gewiss schwärzer als alle vorherigen, obwohl ich mich derer nicht entsinnen konnte. Aber die Nacht erwachte mit mir, ich konnte sie hören, sie rief nach mir, weit entfernt und seltsam erstickt. Ich erinnere mich, ich hatte Hunger, wollte davonfliegen, doch als ich es versuchte, da konnte ich es nicht. Etwas hielt mich gefangen. Jemand hielt mich fest. Und dann entflammte zischend ein Licht. Obwohl es ein Stück von mir entfernt und abgeschirmt war, blendete es mich so sehr, dass es wehtat. Ich schrie und warf mich mit aller Kraft gegen meine Fesseln, wollte meine Krallen ins Fleisch derer schlagen, die mich gefangen hielten, doch alles, was ich spürte, war seltsam weich. Alles war falsch, alles roch falsch. Auch ich war falsch.

Ich bin noch immer falsch.

Ich erinnere mich, es dauerte eine Weile, ehe meine Augen sich an das Licht gewöhnt hatten. Und dann sah ich zum allerersten Mal Benjamin, sah seine lauernden grauen Augen, sein dunkles Haar, das für sein Alter von zu viel Grau durchzogen war, und wieder bäumte ich mich auf, schrie und wollte nichts als fliehen. Fort, fort, nur fort. Ich witterte Gefahr. Gefahr, die von ihm auszugehen schien.

Doch knochige Hände hielten die meinen erbarmungslos fest und Benjamins Gewicht drückte mich tiefer in die Kissen. Er beugte sich über mich, strich über mein Gesicht und flüsterte mir ins Ohr:

»Alles ist gut, Claire, du hattest einen schrecklichen Unfall. Du wirst wieder gesund. Ich bin bei dir, Claire. Alles ist gut.« Immer wieder flüsterte er diese Worte wie eine Beschwörung. Doch ich ertrug sie nicht. Ich ertrug ihn nicht. Seinen Geruch, seine Berührung. Alles in mir schrie danach fortzulaufen. Ich biss ihn in die Wange, schmeckte sein Blut, spuckte es zurück in sein Gesicht. Ich weiß noch, ich starrte ihn so zornig an, wie ich konnte. Sein Blick war nicht minder zornig, doch lag, im Gegensatz zu meinem, keinerlei Angst darin. Es war vor allem eine Wildheit, eine furchtlose Wildheit, die wiederum mich erschaudern ließ. Wildheit. Und Gier. Ich glaube, ich erinnere mich vor allem an seine Gier. Er sah mich an, als sei ich ein Juwel, das endlich ihm allein gehörte. Doch war dies nichts, was mir schmeichelte.

Einen Augenblick lang glaubte ich, er würde mich schlagen. Aber dann wischte er das Blut von seiner Wange und sah mich wieder eindringlich an.

»Ich bin es, Benjamin! Claire, erinnere dich an mich.« Seine Stimme war beinahe sanft.

Doch ich erinnerte mich nicht an ihn. Ich erinnere mich bis heute nicht. Da ist etwas, weit, weit weg, hinter einem Schleier aus undurchdringlichen und wirren Gedanken, tief verborgen. Da ist ein Mensch, ein Mann, aber es ist nicht Benjamin. Benjamin bedeutet Gefahr. Dessen war ich mir damals vollkommen bewusst. Heute weiß ich nicht einmal mehr, warum mir dies so eindeutig zu sein schien, warum ich mir so sicher gewesen war. Heute spüre ich diese Gefahr nicht mehr. Alles verwischt. Nichts ist noch klar. Wer bin ich?

»Du bist Claire Asbury, meine geliebte Frau.«

Er kam von da an jede Nacht zu mir. Er sprach mit mir, erzählte von dem Unfall und dass man mich wie durch ein Wunder aus der zertrümmerten Kutsche gerettet habe. Er erzählte von unserer Hochzeit, unseren vergeblichen Versuchen, ein Kind zu zeugen. Er erzählte von einem Leben, von dem ich nichts wusste und von dem ich nicht glaubte, es könnte das meine sein. Für mich gab es nur den Ruf von draußen. Den Ruf der Nacht, den Ruf des Windes. Eine Eule schrie.

Auch als Benjamin mich irgendwann, nach Wochen oder Monaten, ich weiß es nicht, losband und ich mich frei im Haus bewegen durfte, blieben die Fenster meist verdunkelt. Kam ich ihnen zu nahe, eilte sogleich jemand herbei, ein Diener, meine Schwiegermutter oder Benjamin … er fing mich mit leichten Armen, brachte mich zurück in einen Stuhl, zurück ins Bett. Dann erinnerte man mich, wie schlecht doch das Licht für meine Augen wäre oder wie dringend meine Hilfe gerade bei irgendetwas benötigt würde. Es verstrich viel Zeit, bestimmt ein Jahr, ehe sie mich gelegentlich hinausschauen ließen. Doch nach draußen durfte ich nie, nicht einmal in den Garten.

Trotz allem war man selten grob zu mir. Meine Schwiegermutter versprühte zwar gern ihr Gift – tat dies noch immer –, doch verhielt sie sich zu jedermann auf diese Art, daher fühlte ich mich zu keiner Zeit schlecht behandelt. Wenn man davon absah, dass ich eine Gefangene in diesem Haus war und nicht gehen durfte, wohin ich wollte, fehlte es mir doch an nichts. Selbst die Nächte, die ich mit Benjamin in unserem Bett verbrachte, waren … nun, ich war … ich bin … er hält mich für seine Frau. Dann sollte es wohl so sein, obwohl ich kein Vergnügen daran fand. Manchmal, wenn ich nicht wusste, wohin mit meinem Geist, da sagte ich mir selbst: »Ich bin Claire Asbury, seine geliebte Frau«, und suchte in diesem Satz nach einer Wahrheit, die er nicht enthielt, und nach Trost, war er doch alles, was man mir gab. Alles, woran ich mich klammern konnte.

Jegliche Bilder der Vergangenheit, die irgendwo in meinem Kopf herumspuken, wurden mir von anderen eingegeben. Keines ist echt. Keines habe ich selbst gemalt.

»Claire, weißt du noch, wie wunderschön unsere Hochzeit gewesen ist?«

»Claire, meine Nichten möchten uns besuchen, erinnerst du dich? Du hast früher so nett mit ihnen gespielt!«

»Sieh nur Claire, ich habe dir einen Vogel mitgebracht«, sagte Benjamin eines Morgens. »Einen Vogel, wie den, den du immer im Park bewundert hast. Erinnerst du dich?«

Nein, ich erinnerte mich nicht. Aber ich nahm den Vogel, der in einem wunderschönen Käfig auf einer blitzenden Stange saß, nahm ihn schweigend aus Benjamins Händen und trug ihn in den Salon, stellte ihn auf den Tisch und ließ ihn nicht aus den Augen.

Einen ganzen Tag lang betrachtete ich ihn und lauschte seinem Gezwitscher. Mein Herz wurde so schwer, dass ich bald haltlos zu weinen begann und auch nicht aufhörte, als Benjamin später heimkehrte. Der Vogel in dem Käfig rührte mein Herz, wie es nichts vermochte, was in diesem Leben, welches das meine zu sein vorgab, existierte. Nur der Ruf, der durch Mauern und Fenster drang und mich niemals los ließ. Und nun dieser Vogel hinter den silbernen Gitterstäben, der für mich sang.

In dieser Nacht schlich ich nicht aus dem Bett, um selbst zu fliehen. Ich schlich ins untere Stockwerk und öffnete dem Vogel die Käfigtür. Kurz spürte ich seine winzigen Krallen auf meiner ausgestreckten Hand. Ich musste mich beeilen. Als Benjamin mir den Fenstergriff aus den Fingern entwand, war er bereits fortgeflogen. Singend und zwitschernd hinaus in die Dunkelheit. Und obwohl mich wieder die Sehnsucht packte, als der Duft der Nacht ungehindert hereinwehte, obwohl er an meiner Seele zerrte und ich mich am liebsten aus dem Fenster hinaus direkt in seine Arme gestürzt hätte, so ließ ich mich in dieser Nacht doch widerstandslos zurück in unser Schlafzimmer führen.

Zwar war ich noch hier, aber der Vogel war entkommen, er war frei. Ich stellte mir vor, wie es wäre, mit ihm davongeflogen zu sein. Ach, wenn ich es doch könnte!

Manchmal glaube ich, ihn noch heute im Garten singen zu hören. Er singt noch immer für mich. Und obwohl ich oft selbst nicht mehr weiß, was wahr ist, was ein Hirngespinst, so bin ich doch sicher, dass er nicht mehr nur singt, sondern auch nach mir ruft, zusammen mit den anderen, zusammen mit allem, was draußen auf mich wartet.

Was mache ich noch hier?

»Du machst mich glücklich, Claire.«

Ich kann das nicht glauben. Wie kann ich jemanden glücklich machen? Ich bin nur ein Schatten.

Doch ein Schatten wovon?

Heute ist der Ruf besonders stark. Er zerrt so sehr an mir, dass ich völlig erschöpft bin. Ich bin es müde, zu hören, ohne zu wissen, folgen zu wollen, es aber nicht zu können. Ich bin so müde. Ich weiß nicht, wie lange ich in dem Sessel vor dem Kachelofen geschlafen habe. Mein Traum war dunkel, wirr, voll mit undeutlichen Bildern, voll von Raubtierzähnen, peitschenden Ästen, Schnee und aufgewühlter Erde. Ich fühle den Winter hinter den Fenstern.

Ich lege mir die Wolldecke um die Schultern und durchquere den Salon. Die Türen zum Wintergarten sind geöffnet. Vermutlich wähnt man mich noch schlafend.

Ohne wahre Hoffnung und doch so leise ich es vermag, gehe ich näher. Schritt für Schritt. Helles Licht fließt mir über die Dielen entgegen. Draußen liegt Schnee. Flocken wirbeln durch die graue, von Dunst getrübte Luft, betten sich neben den anderen auf dem Boden zur Ruhe oder bedecken die knorrigen Äste der kahlen Obstbäume.

Ich werfe einen Blick zurück. Das Zimmer hinter mir ist leer und ich höre nichts als das Knistern der Flammen im Ofen und den Wind, der draußen an den Fensterläden rüttelt. Und obwohl dieser Moment so perfekt zu sein scheint, obwohl ein Teil von mir loslaufen möchte, die Tür des Wintergartens aufstoßen und nicht mehr stehen bleiben möchte, setze ich mich bloß auf die Bank aus geflochtenem Korb, rücke sie dichter ans Glas, schlinge die Decke enger um mich und versinke in Schnee, dem Wind, Bäumen und Sträuchern, versinke in der ganzen Welt, die in unendlicher Ruhe vor mir liegt. Ich bin so müde.

Ich weiß nicht, wie lange ich dasitze. Irgendwann erschrecke ich, fühle mich beobachtet und sehe mich um. Da steht Benjamin wenige Schritte hinter mir im Türrahmen. Doch er macht keinerlei Anstalten zu mir zu laufen, mich festzuhalten oder mich zurück in den Salon zu zerren. Er steht einfach nur da und betrachtet mich aus seinen ernsten hellgrauen Augen. Sein Mund formt ein Lächeln. Dann dreht er sich um und lässt mich allein.

Mein Herz pocht.

Ich weiß nicht, was das zu bedeuten hat. Bin ich frei? Darf ich gehen?

Ich stehe auf. Die Bank knarrt von meiner Bewegung. Benjamin ist fast an der Tür und bleibt nun stehen, blickt zu mir zurück und ich sehe ihn an. Ich versuche meinerseits ein Lächeln, ehe ich ihm den Rücken zuwende. Dann lege ich mein Gesicht an das kühle Glas und streiche mit den Händen über die glatte Fläche. Meine Augen sind geschlossen, aber ich kann fühlen, wie das Glas unter meinem Atem beschlägt.

Der Winter ist still. Die Tiere schlafen. Nur der Wind weht und rüttelt und wirbelt die Flocken durcheinander. Und er ruft. Er ruft so laut! Aber er ruft nicht nach Claire.

Ich stehe einfach nur da und lausche und bin dankbar, dass man mich lässt. Noch immer zieht mich niemand fort vom Fenster. Aber Benjamins Schritte sind verstummt, er ist im Salon stehen geblieben, sieht mir zu. Ich fühle es.

Meine Wange ist kalt. Und Hoffnung singt in meinem Herzen.

Es muss weit nach Mitternacht sein, als ich keuchend aus einem Geflecht von Träumen aufschrecke. Der Ruf ist noch stärker als am Nachmittag. Ich lausche in die Stille.

Benjamin atmet gleichmäßig und ruhig neben mir. Ein Uhu schuhut im Garten. Er lockt mich: »Komm, komm! Komm mit mir!«

Ich ziehe mir das Laken über die Ohren. Benjamin hat mich am Fenster sitzen lassen. Benjamin hat Vertrauen bewiesen. Jetzt muss ich beweisen, dass ich es wert bin. Ich muss es beweisen, so lange, bis er nicht mehr glaubt, dass ich ihn verlassen will. Ich muss es beweisen!

Plötzlich kracht etwas gegen unser Fenster. Ich schreie auf, Benjamin fährt hoch, ich höre Krallen, die am Fensterglas kratzen, über die Fensterbank scharren.

Ich habe Angst, aber fühle gleichzeitig diese gewaltige Anziehungskraft. Doch will ich ihr nicht nachgeben. Ich darf es nicht, ich darf es einfach nicht.

Benjamin fasst nach meiner Schulter und drückt sie kurz, dann springt er kraftvoll aus dem Bett und reißt die Vorhänge zur Seite.

Riesige gelbe Augen, eine enorme Spannweite, der kleine Schnabel klackert gegen die Scheibe.

»Komm, komm endlich! Bald ist es zu spät!«, schuhut der Uhu.

Ich schreie und drücke mein Gesicht in das Kissen. Es muss aufhören. Nicht heute! Wieso heute?

Glas splittert und mit einem Mal ist es gespenstisch still im Zimmer. Ein kalter Hauch streift meine bloßen Füße. Dann höre ich den großen Waldvogel im Garten kreischen.

Ich befreie mich aus den Decken. Ich bin allein, Benjamin ist fort. Das Fenster zersplittert, doch liegen keine Scherben auf dem Boden darunter. Er wird doch nicht …

Ich eile ans Fenster und blicke in den dunklen Garten hinab. Es ist zu dunkel, ich kann kaum etwas erkennen. Aber ich höre das Knurren und Bellen eines großen Hundes und das Schreien und Flügelschlagen des Uhus. Keine Spur von Benjamin. Dann jault der Hund auf – es ist kein Hund, es muss ein Wolf sein – und ich glaube zu sehen, wie der Schemen des großen Vogels davonzufliegen versucht. Er scheint verletzt.

Meine Hand schmerzt. Erst jetzt erkenne ich, dass ich den Fensterrahmen fest umklammert habe und sich ein langer Glassplitter tief in meinen Handteller gebohrt hat. Blut tropft auf die Fensterbank.

Der Uhu schreit und der Wald ruft aus weiter Ferne. Ich bin wie gelähmt. Trotz des geöffneten Fensters bringe ich es nicht über mich hinauszuspringen. Sooft ich es mir auch vorgestellt habe, heute schaffe ich es einfach nicht.

Kurz darauf stürzt Benjamin durch die Tür zurück ins Schlafzimmer. Er blutet aus einer Wunde über dem rechten Auge, sein Pyjama ist zerrissen, seine Arme und seine Brust sind zerkratzt. Als er mich am offenen Fenster stehen sieht, erstarrt er. Doch wieder macht er keinerlei Anstalten, mich von dort wegzuziehen, auch wenn ich sehe, dass seine Muskeln gespannt sind. Der Wolf zum Angriff bereit, schießt es mir durch den Kopf. Und dann lächelt sein Mund wieder, er streckt mir seine Hand entgegen, hüllt mich in unsere Bettdecke und führt mich schweigend in eines der Gästezimmer.

»Was ist passiert?«, will ich wissen.

»Nichts, Claire, nichts. Ein böser Traum. Schlafe jetzt. Ich bin ja da.«

Als ich erwache, fühle ich mich krank. Müde und schwächer noch als am Vortag. Meine Haut brennt und doch zittere ich vor Kälte. Benjamin ist fort. Die vergangene Nacht klebt an mir wie zäher, schwarzer Teer. Wäre da nicht die Wunde, die an meiner Hand pocht, ich wäre nicht sicher, ob das, was ich im Dunkeln zu sehen geglaubt habe, der Wirklichkeit entspricht. Was ist dort unten im Garten geschehen? Ich muss es wissen.

Ich werfe das Laken zurück und laufe barfuß ans Fenster. Doch das Gästezimmer liegt nicht zum Garten. Trotz der Kälte schlüpfe ich nur im Nachthemd durch die Tür, husche den Flur entlang. Ich blicke mich mehrfach um, ehe ich die Tür zu unserem Schlafzimmer aufstoße, als fürchtete ich, bei etwas Verbotenem ertappt zu werden. Sie knarrt, leise zwar, aber ich zucke dennoch zusammen. Das Fenster ist mit Brettern vernagelt. Ich kann nicht in den Garten hinuntersehen.

»Was gibt es, Claire?«

Ich wirble herum. Mrs. Asbury blickt mich aus kalten Augen an.

»Ich ... mir ist schrecklich kalt, ich wollte mir etwas zum Anziehen holen.«

»Das kann ich doch für dich tun. Geh zurück ins Bett.«

»Ich möchte nicht schlafen, ich träume so schlecht. Ich gehe lieber hinunter in den Salon.«

Ich sehe, wie sie einen Blick zurück über die Schulter wirft. Dann tritt sie ins Zimmer, nimmt meinen Morgenrock aus dem Schrank und legt ihn mir um.

»Geh in den Speisesaal, Kind, dort ist der Ofen bereits warm.«

Ich gehe hinab. Die Vorhänge sind überall zugezogen. Bis auf den Schein der Kerzen in ihren Glashaltern an der Wand ist es dunkel im Haus.

Im Speisezimmer spendet der Ofen Licht und Wärme. Benjamin sitzt hinter der Zeitung. Er blickt nicht auf, als ich eintrete und mich zu ihm setze. Roberta schenkt mir Tee ein. Das Schweigen erdrückt mich.

»Was war das in der letzten Nacht, Benjamin?«, frage ich nach einer Weile.

Er antwortet nicht gleich, verharrt hinter der Zeitung, ehe er sie betont langsam zusammenfaltet und neben seiner Untertasse ablegt. Von seiner Verletzung ist nichts zu entdecken. Habe ich mich etwa doch getäuscht?

»Ein Vogel ist in unser Fenster geflogen, mein Liebling, das ist alles. Er hat dich erschreckt, nicht wahr?«

Ich strecke ihm meine verletzte Hand entgegen. »Und das?«

»Du hast dich an den Scherben geschnitten, als du mir helfen wolltest, die Schäden zu beseitigen.« Er nimmt meine Hand und gibt vor, in ihre Untersuchung vertieft zu sein. »Bei Licht sieht es viel schlimmer aus als in der Nacht. Wir hätten es verbinden müssen!«

»Was ist mit deinem Auge?«

Er befühlt seine rechte Augenbraue. Genau dort, wo in der Nacht der blutige Riss klaffte. Aber jetzt ist da nichts mehr, bloß unversehrte Haut.

»Was soll an meinem Auge sein, Claire?«

Doch ehe ich antworten kann, unterbricht mich die scharfe Stimme Mrs. Asburys: »Claire? Geoffrey hat dir ein heißes Bad eingelassen. Komm, das wird dir gut tun.« Sie fasst mich an der Schulter und mir bleibt nichts, als ihr zu folgen. Als ich zu Benjamin zurückblicke, sieht er mir aus schmalen Augen nach.

»Ich weiß, dass du lügst«, will ich ihm sagen. Aber weiß ich das wirklich? Also schweige ich und versuche stattdessen ein Lächeln. ›Vertrauen. Beweise ihm Vertrauen‹, denke ich und folge seiner Mutter durch das dunkle Haus ins Bad.

»Warum sind die Vorhänge heute zugezogen?«

»Weil du dich doch ohnehin schon nicht wohl fühlst, mein Kind.« Sie tätschelt mir die Wange wie eine liebende Mutter, doch ihre Stimme bleibt kalt. »Wir wissen doch, dass dir das grelle Licht nicht bekommt.« Damit schiebt sie mich in die dampfenden Nebel des Badezimmers.

Haben sie und Benjamin Recht? In meinem Kopf wirbeln die Gedanken durcheinander. Der süße Duft des Badeschaums und die feuchte Hitze der Luft scheinen meinen Verstand zu trüben. Ich glaube, Geräusche aus dem Garten zu vernehmen.

»Was ist da draußen los, Mutter?« Auch meine eigene Stimme höre ich nur noch wie durch Nebelschwaden.

»Sie beseitigen die Reste des Vogels, der euer Fenster zerbrochen hat, Kind.«

Es versetzt mir einen tiefen Stich.

»Der Vogel ... ist tot?«

Mrs. Asbury antwortet nicht.

»Darf ich ihn sehen?«

Sie lacht. »Kind, du hast Ideen! Nein, natürlich darfst du ihn nicht sehen, das würde dich nur aufregen. Ruhe dich aus.« Sie hilft mir aus Morgenmantel und Nachthemd und hält meine Hand, als ich ins heiße Wasser steige.

»Lüge, Lüge!«, schreit der Vogel in meinem Kopf.

Ich springe so hastig auf, dass meine Beine gegen den Tisch stoßen und das Geschirr darauf klappert. Tee schwappt aus meiner Tasse auf das Tischtuch.

»Alles in Ordnung, Claire?« Benjamin sitzt neben mir wie mein persönlicher Wachhund und blickt mich besorgt an.

War ich nicht soeben noch im Bad? Wie spät mag es sein? Mein Kopf tut weh und ich fühle mich benommen. Doch mein Haar ist feucht und ich habe einen frischen Verband an der Hand. Aber ich erinnere mich nicht, aus der Wanne gestiegen und ins Speisezimmer zurückgekehrt zu sein.

»Ist alles in Ordnung?«, fragt er mich noch einmal.

Ich sehe in seine Augen und suche nach einer Antwort. Doch da ist nichts, nichts als Besorgnis. Ich lehne meinen Kopf an seine Schulter.

»Darf ich hinaus, Ben?«

Er antwortet nicht, aber ich spüre, wie sein Körper sich versteift.

»Benjamin, gehst du mit mir nach draußen?«

Er schiebt mich von sich weg und sieht mich sehr lange an. Ich weiß nicht, ob mein Blick leer oder voller Traurigkeit ist, ich fühle mich noch immer, als wäre ich nicht ganz da. Aber ich wende meine Augen nicht von ihm.

»Bitte, Ben.«

Da steht er schweigend auf und geht. Ich möchte ihm bereits nacheilen und für meine Dreistigkeit um Verzeihung bitten, als er mit einem Wintermantel auf dem Arm zurückkehrt.

Wir gehen nicht weit. Nur auf die Terrasse gleich vor dem Wintergarten. Benjamins Augen huschen unruhig umher. Seine Hand hält meinen Arm ganz fest. Wie um ihm zu beweisen, dass ich bei ihm bleiben will, schmiege ich mich an ihn, aber eigentlich bin ich nur müde, unendlich müde. Er drückt mich einmal und fast könnte ich mir vorstellen, glücklich zu sein.

Dann höre ich den Uhu schreien. Er schreit laut, durchdringend. Ein weiterer stimmt ein und noch einer. Immer mehr Vögel rufen und singen, der Garten erwacht.

»Benjamin«, kreischt Mrs. Asbury aus dem Haus. »Was tust du?«

Als würden all diese Stimmen mich meiner letzten Kraft berauben, geben die Knie unter mir nach und ich wäre zu Boden gesunken, hielte Benjamin mich nicht so fest. Er versucht mich aufzurichten, er ruft etwas, aber ich verstehe ihn nicht. Mein Kopf ist erfüllt vom Schreien der Vögel und dem Ruf der Welt um mich herum.

Da stürzt sich eine Eule – der Uhu der letzten Nacht? – vom Himmel und landet unmittelbar auf meinem Kopf. Ihre Krallen reißen mir die Haut auf und verfangen sich in meinem Haar. Doch der Angriff hat nichts Schreckliches, im Gegenteil, ich fühle mich seltsam leicht, emporgehoben, spüre, wie die Fassade rund um mich, um Claire, zu bröckeln beginnt.

Neben mir brüllt Benjamin vor Zorn und mit einem Mal ist mein ganzer Körper von Schmerz erfüllt. Seine Hand auf meinem Arm packt so fest zu, dass sich seine Fingernägel wie Krallen in meinen Arm bohren.

Ich taumle in die Dunkelheit. Ich höre Heulen und Bellen und Rufen und Flügelschlagen, lautes Kreischen. Da ist Schnee, aufgewühlte Erde. Ein Traum, den ich schon einmal geträumt habe.

Der Vogel über mir wird schwerer und schwerer, scheint mich zu erdrücken. Wieder zerrt Benjamin an meinem Arm. Ich rieche mein Blut. Ich rieche Gefahr. Und Heimat.

Ein Schleier zerreißt.

Statt des Uhus liegt ein Mensch neben mir im Schnee, blutend und nackt. Es ist nicht Benjamin. Seine Hand erscheint mir ungewöhnlich groß, als er sie kraftlos zu mir ausstreckt und über mein Gefieder streicht. Ein letztes Mal.

»Flieg weg ...«, flüstert er.

Und ich spreize meine Flügel und erhebe mich in die Luft, wenige Handbreit. Der große struppige Wolf mit Benjamins grauen Augen springt mir mit gefletschten Zähnen entgegen. Er schnappt nicht zu, aber packt mich mit seinen Klauen, hält mich. Durch die splitternde Glaswand des Wintergartens hechten weitere graue Tiere. Ich schreie und schlage wild mit den Flügeln, versenke meine

Krallen in Bens grauem Fell und picke nach seinen Augen. Da heult der Wolf laut auf und ich bin frei, kann fort. Über die Obstbäume, hin zum Wald. Nach Hause.

Dort, wo Claire gelegen hat, liegt nur noch ihr leerer Mantel. Ich streife ihr Leben wie diesen Mantel ab.

Ich sehe mich nicht um. Ich höre das Heulen von Benjamin, der unter mir dem Wald entgegenjagt. Und ich höre, wie das restliche Rudel über den nackten Mann herfällt, höre und rieche, wie sie ihm das Fleisch von den Knochen reißen. Vielleicht werde ich um ihn trauern, wenn ich mich erinnere. Wenn ich mich erinnere, wer er war und wer und was ich bin.

Ich war Claire Asbury.

Jetzt bin ich …

Ich bin.

Frei.

ZWILLINGE

Es begann in der Dämmerung. Die Schatten wurden länger, die Sonne bettete sich in einem karmesinroten Meer aus Wolken zur Ruhe, die Welt hüllte sich in die dunkle Decke der Nacht. Ich genoss das Schauspiel von meinem Schreibtisch aus, als ich erstmals das Bedürfnis verspürte, mich umzublicken. Nichts. Natürlich nicht.

Doch aus dem vagen Gefühl, beobachtet zu werden, wuchs eine nicht zu erklärende Gewissheit. Immer öfter blickte ich über die Schulter, wartete auf verräterische Schatten oder plötzliche Bewegungen. Aber ich entdeckte nichts dergleichen. Als ein kalter Hauch meinen Nacken streifte, sprang ich erschrocken auf und wirbelte herum. Doch es war niemand da.

Ich gab meine Arbeit auf und schlich vorsichtig durch die Wohnung. Schaute wie beiläufig hinter die Türen, in die Nische neben dem Bücherregal, unter mein Bett. Aber ich war allein. Alles sah aus wie immer. Die Kommode mit meiner Sammlung kleiner Handspiegel darauf – alle an ihrem Platz. Das Bett, zerwühlt, darüber mein Lieblingsbild mit den beiden Brüdern, die Hand in Hand auf eine in Nebelschwaden gehüllte Ruine zuschritten. Es hatte meiner Schwester Julie gehört, bevor sie verschwunden war. Ich widerstand dem Impuls, es zärtlich am Rahmen zu berühren.

Der Kasten der stummen Standuhr im Flur, die ich von meinem Vormieter übernommen hatte, war leer. Niemand versteckte sich in der Dusche, hinter der Garderobe oder unter der Spüle. Trotzdem waren die Härchen an meinen Armen hoch aufgerichtet. Ich spürte die stechenden Blicke deutlich in meinem Nacken. Hier war jemand. Oder etwas.

Als ich ein leises Lachen zu hören glaubte, erklärte ich mich für verrückt, den Tag für beendet und ging hastig zu Bett – nicht ohne meine Bettdecke bis zur Nasenspitze hochzuziehen und die Nachttischlampe brennen zu lassen.

Ich weiß nicht, wie lange ich nun schon so daliege und auf den Schlaf warte. Angestrengt lausche ich in die Stille, höre aber nur meinen Atem, der gedämpft durch die Bettdecke dringt. Mir ist, als hätten die Wände Augen. Ihre Blicke kriechen unter meine Decke, sie berühren mich, ohne dass ich sie hindern kann.

Das Licht der Nachttischlampe beginnt zu flackern. Dann erlischt es. Ich bin starr vor Angst. Die Schatten der sich draußen im Wind wiegenden Bäume gleiten lautlos über die Wände und erwecken die Nacht zum Leben. Ich halte den Atem an und horche wieder. Sind das Schritte?

Langsam neige ich den Kopf, um besser ins Zimmer spähen zu können. Ich starre angestrengt in die Finsternis, doch da ist nichts.

Plötzlich legt sich eine Hand, kalt wie Eis, auf meine Schulter. Mit einem Schrei springe ich aus dem Bett und fliehe zum Lichtschalter, presse meinen Rücken an die Wand daneben. Wieder und wieder hämmere ich auf den Schalter, der nichts als ein leeres Klicken von sich gibt. Das Zimmer bleibt dunkel. Mein Herz droht meinen Brustkorb zu sprengen. Die Hand war da! Keine Einbildung! Ich konnte die einzelnen Glieder der Finger spüren! Meine Blicke huschen wild hin und her, versuchen, in der Dunkelheit etwas zu erkennen, doch ich bin allein. Das Zimmer ist leer, niemand da, außer mir.

Ich taste mich hektisch weiter, bis ich den Schalter im Flur erreiche, aber auch hier: Nichts. Kein Licht.

Ich weiß nicht, was ich tun soll. Früher habe ich Julie angerufen, wenn ich nicht weiter wusste. Julie …

Dicht an die Wand gepresst schleiche ich zur Küche. Vorbei an den Spiegeln, die sich in schwarze, gierige Türen in diabolische Dimensionen verwandelt haben. Nicht hinsehen. Kalter Schweiß rinnt meinen Nacken hinab. Meine Beine zittern.

Auch das Küchenlicht reagiert nicht. Erneut berührt mich ein zugiger Hauch und fährt mir sanft, fast spöttisch, durchs Haar. Ich stürze auf die Besteckschublade zu und wühle fieberhaft nach dem Fleischmesser. Endlich ertaste ich den beruhigenden Griff, presse die Klinge an meine Brust, schließe die Augen und zähle langsam bis zehn. Als ich sie öffne, ist alles wie vorher. Und ich spüre die Blicke wie Nägel, die sich in meinen Leib bohren.

Ich bleibe stehen und warte. Ewigkeiten verstreichen, doch nichts geschieht.

Ich zögere, dann greife ich nach der halb herunter-gebrannten Kerze, die ich im Mondlicht auf der Fens-terbank liegen sehe, und zünde sie an. Das warme Licht schenkt mir neuen Mut. Ich halte es hoch, kehre in mein Zimmer zurück. Die Spiegel auf der Kommode werfen den Lichtschein tröstend zur mir zurück. Ich atme tief ein, ehe ich die Kerze auf den Tisch stelle. An Schlaf ist nicht zu denken.

Um mich abzulenken, ziehe ich wahllos ein Buch aus dem Regal und kauere mich damit in eine Ecke, das Messer griffbereit auf meinen Schoß. Es ist Julies Tagebuch.

Die Erkenntnis lässt mich zaudern. Ich habe es auf-gehoben, ja, aber lesen wollte ich es eigentlich nie. Doch Sehnsucht und Angst überwiegen meinen Argwohn und ich schlage es auf. Das Licht der Kerze tanzt gespenstisch über die Seiten.

Schnell nehmen Julies Worte mich an die Hand. Schon sitzt sie neben mir, doch mein Trost bleibt aus. Ihre Schrift ist fahrig:

»Irgendetwas ist hier, hier in meiner Wohnung! Unsicht-bare Hände greifen nach mir. Als ich erwachte, lag eine auf meinem Herzen. So kalt, dass ich dachte, es würde gleich stillstehen, als müsse ich sterben. Der Strom geht nicht, ich kann nicht einmal Hilfe rufen, das Telefon ist tot. Irgend-etwas ist hier. Ich halte mich schon für verrückt, aber ich glaube, es ist das Bild ...«

Ich lasse das Buch fallen. Mein Blick schnellt hoch, geradewegs auf die Brüder. Ich erstarre. Sie drehen mir

nicht länger den Rücken zu, sondern haben sich mir zuge-
wandt, blicken direkt in mein Gesicht. Sie sind nicht die
Kinder, die sie von hinten zu sein schienen. Ihre Gesichter
sind entstellte Fratzen.

Und während die Zwillinge mit kaltem Grinsen aus
dem Rahmen steigen, erkenne ich in den Fenstern der
Ruine hinter ihnen plötzlich Julies zum Schrei erstarrtes
Gesicht.

Der Wunsch

»Die Zeit, die Zeit,
sie rieselt geschwind,
davon sie rinnt,
niemand hält sie auf,
es ist so weit …

Die Zeit, die Zeit,
sie geht auf die Reise,
heimlich und leise,
bis ans Ende der Welt,
macht euch bereit …

Die Zeit, die Zeit,
Minute um Stunde,
geht der Zeiger die Runde,
damit ist jetzt Schluss,
schenkt euch Freiheit …«

Der geflüsterte Singsang verstummte. Glockenhelles Gelächter hallte durch die nächtliche Schwärze des kleinen Ladenlokals und als es verklang, war auch von dem gleichmäßigen Ticken der unzähligen Uhren nichts mehr zu hören. Ein winziger Schatten tanzte mit schwingendem

Rock durch den schmalen Streifen kühlen Lichts, den die Leuchtreklame des gegenüberliegenden Geschäfts hineinwarf. Dann verschmolz die Gestalt mit der Dunkelheit und völlige Stille kehrte ein.

Als Galdino am nächsten Morgen, später als gewöhnlich, den Schlüssel ins Schloss seiner Werkstatttür steckte, war er schlechter Laune. Irgendwer hatte ihm einen üblen Streich gespielt. Er wusste nicht, wer und vor allem nicht weswegen jemand dies getan haben könnte. Er war ein alter Mann und sicher, dass ihm niemand etwas Schlechtes wollte. Und doch hatte jemand in der vergangenen Nacht jede seiner Uhren angehalten! Den altmodischen Wecker auf dem Nachttisch, die Armbanduhr, die Küchenuhr, die große Standuhr im Flur und sogar das Kunstwerk von einem Glockenspiel, das einen Ehrenplatz auf der Wohnzimmeranrichte beanspruchte. Hätte die aufgehende Sonne nicht verraten, wie spät es bereits war, hätte er sie gewiss alle einer Prüfung unterzogen. Doch da die Zeit knapp wurde, hatte er bloß Wecker und Küchenuhr sicher verpackt in einer Tasche verstaut, um sie im Geschäft näher zu untersuchen.

Er hatte nicht gewagt, ausgerechnet den Busfahrer, dem er üblicherweise bei der Begrüßung augenzwinkernd seine Verspätung vorhielt, nach der richtigen Uhrzeit zu fragen. Daher wusste Galdino zum ersten Mal seit vielen, vielen Jahren nicht, wie spät es war, als er seine Uhrmacherwerkstatt betrat.

Schon als die Tür die ersten Zentimeter aufschwang, spürte er, dass etwas nicht stimmte. Da er verschlafen hatte, erwartete er gar nicht, das bunte Läuten und Klingen zu hören, das ihn für gewöhnlich um Punkt sieben Uhr empfing, doch die völlige Stille, die ihm aus seinem Laden entgegenschlug, machte ihm Angst. Kein Ticken, kein Tacken. Kein Klicken, kein Klacken. Kein Surren, kein Schnurren. Stille. Er glaubte, auch sein Herzschlag müsse jeden Augenblick aussetzen.

Wie in Trance stolperte Galdino über die Schwelle und ließ die Tür hinter sich ins Schloss fallen. Die Stille verschluckte ihn. Ganz langsam schritt er durch die Reihen seiner Uhren. Kein Pendel schwang, kein Zahnrad rührte sich. Nicht einmal die hässlichen, neumodischen Digitaluhren, die von sich behaupteten, die genauesten der Welt zu sein, spulten ihre endlose Abfolge der Tausendstelsekunden herunter. Doch am beeindruckendsten und schrecklichsten zugleich waren die feinen Körner der goldenen Sanduhr, die reglos, im freien Fall erstarrt, in ihrem Hals stecken geblieben waren.

Die Zeit in Galdinos Laden stand still.

Panik ergriff den alten Uhrmacher. Fassungslos eilte er von Uhr zu Uhr, klopfte gegen Schutzglas, schraubte willkürlich Gehäuse auf, prüfte Batterien und lauschte an schweigenden Uhrwerken wie ein Sanitäter dem Herzschlag eines Verwundeten. Irgendwann gab er auf, ließ sich in seinen Stuhl fallen und starrte ins Leere. Seine Uhren, seine Schätze! Wer tat so etwas? Und warum? Und vor allem wie?

Er wusste nicht, wie lange er dort sitzen blieb, und es war ihm, vielleicht zum allerersten Mal, auch egal.

Sein Telefon klingelte. Dreimal, viermal. Zwanzigmal. Als es keine Anstalten machte zu verstummen, zog Galdino kurzerhand den Stecker aus der Wand. Dann schaltete er das Radio ein und wartete. Als die Nachrichten endlich begannen, spitzte er die Ohren:

»Meine Damen und Herren, es ist jetzt ungefähr neun Uhr«, knisterte es aus dem Lautsprecher. »Hier sind die Nachrichten: Das Mysterium des weltweiten Uhrenstillstandes ist nach wie vor ungelöst. In der vergangenen Nacht, um genau …«

»Ein Uhr, 17 Minuten, 23 Sekunden«, flüsterte Galdino den Text der Sprecherin mit.

»… unserer Zeit stellten alle Uhren ihre Funktion ein. Experten stehen vor einem Rätsel. Wann und ob die Uhren überhaupt wieder in Gang gesetzt werden können, sei ungewiss …«

Galdino schaltete das Gerät ab. Ob überhaupt … Das war nichts, worüber er nachdenken wollte. Der spontanen Erleichterung darüber, dass nicht nur seine Uhren betroffen waren, folgte eine neuerliche Beunruhigung: Was konnte alle Uhren auf der Welt, egal welcher Machart, zum Anhalten zwingen? Das ergab überhaupt keinen Sinn. Uhren waren rein mechanisch oder computergesteuert, sie liefen einfach. Ob richtig oder falsch, störte sie dabei nicht. Funkgesteuerte Uhren hielten Rücksprache mit ihrer Mutteruhr und korrigierten ihre Zeit bei Bedarf selbst, aber mit dem abstrakten Ding Zeit hatte auch dieser Ablauf nichts zu tun. Zeit war immer – unabhängig von jeglichen Messgeräten. Obwohl Galdino der Gedanke immer missfallen hatte, zwar in jedes Uhrwerk eingreifen zu können, aber nie auch nur den Hauch einer Chance zu haben, die Zeit selbst zu berühren. Und nun konnte er sie nicht einmal mehr messen.

»Venti, machen Sie auf!«, riss ihn erzürntes Rufen vor der Ladentür aus den Gedanken. »Ich sehe, dass Sie da sind!« Ein Mann pochte wild gegen die Schaufensterscheibe. »Ich habe erst letzte Woche diese teure Armbanduhr bei Ihnen gekauft, jetzt funktioniert sie nicht mehr! Nehmen Sie sie zurück!«

»Kommen Sie in ein paar Tagen wieder, wenn ich mehr über die Angelegenheit weiß!«, rief Galdino ohne aufzusehen zurück. »Sie können sich vorstellen, wie viel Arbeit hier auf mich wartet. Ich habe jetzt wirklich keine Zeit, es tut mir leid!«

»Unverschämtheit!«, schimpfte der Mann, zog aber von dannen.

Als Galdino ein Schild mit der Aufschrift »Keine Reklamation aufgrund höherer Gewalt« in seine Tür hängte, tauchte erneut ein Gesicht im Fenster auf: Es war Rosa, die Tochter seiner Nichte, die ihn Großvater nannte und einige Zeit aufgewandt hatte, möglichst viel von ihm über seine Uhren zu lernen. Er ließ sie ein.

»Opa!«, strahlte sie. »Ist das nicht wundervoll, endlich hast du Zeit, endlich haben wir Zeit. Gehen wir in den Zoo?«

»Zeit?«, brummelte er. »Wie sollte ich Zeit haben, keine Uhr läuft! Bis ich herausgefunden habe, wie ich sie reparieren kann, habe ich gar keine Zeit mehr!«

»Aber …«

»Es tut mir leid, Kind«, sagte er und schob sie zurück auf die Straße. »Ein andermal, versprochen!«

»Ja, wie immer«, flüsterte Rosa, doch Galdino war bereits wieder in seinem Laden verschwunden und versperrte die Tür.

Er scheuchte ihre traurigen Augen aus seinem Kopf und beschloss, sich nicht so leicht geschlagen zu geben. Dann legte er sein Werkzeug bereit und schnallte Vergrößerungsglas und Lampe um seine Stirn, stellte eine repräsentative Auswahl verschiedener Uhren zusammen und öffnete Gehäuse, tauschte Batterien, spannte Zugfedern und setzte Zahnräder neu. Aber so verbissen er auch arbeitete, es änderte nichts. Irgendwann, es musste bereits Nachmittag sein, gab er auf und starrte niedergeschlagen aus dem Fenster. In der Einkaufsstraße herrschte weniger Betrieb als gewöhnlich. Es fehlten diejenigen, die immerzu auf ihre Armbanduhren blickten und hektisch durch die Menge eilten. Die Mütter, die eilig ihre Kinder hinter sich her zerrten. Die Geschäftsleute mit ihren Aktentaschen unter dem Arm und den Handys am Ohr.

Vereinzelt schlenderten Schaufensterbummler vorbei. In seine Auslage blickte niemand.

Er saß noch eine ganze Weile einfach da und dachte nach. Dann beschloss er, dass es Zeit für den Heimweg war und verließ den Laden, ohne sich noch einmal umzudrehen. Das Licht der untergehenden Sonne kitzelte seine Nasenspitze.

Diesmal waren es zwei Schatten, die sich in der Dunkelheit der geschlossenen Werkstatt verbargen. Die winzige Tintikedi saß mit baumelnden Beinen im Rahmen einer Penderluhr. Davor war der Umriss eines Mädchens zu erkennen.

»Um einige von ihnen ist es wirklich schade«, piepste die klare Stimme des kleinen Geschöpfs. »Diese hier war sehr schön, ihr Klang so voll und dumpf, dass sie mich durch und durch zu wärmen vermochte! Ihr Meister ist sicher traurig.«

Rosa nickte betreten. »Meinst du, dass er es irgendwann versteht?«

»Hm, vielleicht nicht jetzt. Aber bald. Doch, bestimmt bald«, lächelte Tintikedi. »Aber jetzt muss ich gehen. Auch wenn die Zeit stillsteht, habe ich Aufgaben zu erfüllen.«

»Danke«, sagte Rosa.

»Kopf hoch, kleine Blume, wäre deine Bitte eine schlechte gewesen, ich hätte sie nicht erfüllt.« Tintikedis große Ohren flatterten, als sie sich aufrichtete und mit ihrer spitzen Nase schnüffelte. »Die Nacht duftet heute wunderbar! Es ist die richtige Zeit für einen Spaziergang, glaube mir!«

»Was meinst du?«, wollte Rosa wissen.

Doch Tintikedi lächelte nur. »Leb wohl«, sagte sie, sprang aus dem Zifferblatt und verschwand.

Rosa blickte noch einen Moment auf die Stelle, an der die kleine Wichtelfrau gesessen hatte. Dann verließ sie Galdinos Werkstatt und verriegelte die Tür sorgsam. Tintikedis Worte im Gedächtnis, nahm sie nicht den kurzen Weg nach Hause, sondern den Umweg über den Rathausplatz, den Weg, den auch ihr Großvater bevorzugte, um täglich einen kontrollierenden Blick auf die Rathausuhr zu werfen.

Sie erkannte den Umriss, der auf der Bank vor dem Rathaus im gelben Licht einer Laterne saß, sofort. Die schmalen Schultern, das zerzauste Haar, die kantige, große Nase. Traurig sah er aus, wie er da in sich zusammengesunken hockte und am Saum seines Jacketts nestelte.

Rosa zögerte. Sollte sie gestehen, was sie getan hatte? Was Tintikedi auf ihren Wunsch hin getan hatte? Sie hatte angenommen, Galdino wäre glücklich, wenn er tatsächlich Zeit mit ihr verbringen konnte, wie er es immer wieder versprach. Doch ihn so verloren und allein auf der Bank sitzen zu sehen, machte ihre Hoffnung zunichte.

Bevor sie den Mut aufbrachte, zu ihm zu gehen, löste sich eine weitere Gestalt aus der Nacht und kam im Schein der Laterne auf Galdino zu. Es war eine Frau, eine große, dicke Frau, die Haare auf dem Kopf zu einem lockeren Dutt gesteckt.

Rosa sah, wie Galdino sich erhob und auf sie zuging.

»Du hast also endlich Zeit«, stellte die Frau mit sanfter Stimme fest.

Rosa sah, wie ihr Großvater unsicher die Schultern hob und wieder sinken ließ. Die Frau lachte. Es war ein warmes, freundliches Lachen.

Die beiden standen einander eine ganze Weile schweigend gegenüber. Schließlich nahm Galdino die Hand der Frau in seine und sie schlenderten gemeinsam in Richtung des Stadtparks davon.

Rosas Herz hüpfte. Sie sah ihnen nach, bis die Dunkelheit sie verschluckte. Dann drehte sie um und machte sich zufrieden auf den Heimweg. Tintikedi hatte recht gehabt – es war eine wunderschöne Nacht für einen Spaziergang.

Der Puppenspieler

Eine Woge aus Mitgefühl erfasste Michael, als er die Werkstatt des Puppenspielers betrat. Der alte Mann kauerte wie verloren im Halbdunkel des gigantischen Raumes, Schatten zuckten gespenstisch durch die Stille und über seine Gestalt, ehe sie in die Finsternis flohen. Verworrene Schnüre flossen durch seine Finger und stürzten in das Durcheinander aus Knäueln und Knoten zu seinen Füßen. Der Schein der nahen Lichtquelle zeichnete tiefe Furchen in das gramerfüllte Gesicht des Alten, dessen Blick allein dem Chaos auf der Bühne galt. Ohne das Zutun ihres Meisters führten die Puppen dort einen rücksichtslosen Reigen auf: Sie sponnen Fäden und zerrten daran, versuchten mit deren Hilfe andere in ihrem Sinne zu führen. Sie stießen einander vom Rand der Bühne, rissen sich gegenseitig Gliedmaßen aus und verwickelten sich dabei hemmungslos in den Stricken, bis diese sie selbst zu Fall brachten. Ihr Handeln verursachte keinerlei Geräusch, aber warf die langen, bedrohlichen Schatten weit in den Raum.

Michael schloss leise die Tür hinter sich und eilte an die Seite des Alten. Als er bei ihm niederkniete und ihm die Arme um die Schultern legte, blickte der Puppenspieler auf. Erschüttert entdeckte Michael die Tränen, die über das runzelige Gesicht rannen. »Was ist geschehen?«

Die Stimme des Alten zitterte. »Ich muss einen Fehler gemacht haben«, stammelte er und reckte Michael seine Hände mit den verknoteten Fäden entgegen, wie ein Kind, das seiner Mutter hilfesuchend die vom Sturz aufgerissenen Handflächen darbietet. »Irgendetwas. Irgendetwas habe ich falsch gemacht!«

Michael schüttelte mitfühlend den Kopf. »Du hast nichts falsch gemacht, du kannst nichts dafür«, tröstete er und schloss die Hände des Alten behutsam mit seinen.

»Aber sieh sie dir doch an!« Der Puppenspieler richtete den Blick zurück auf die Bühne. »Das habe ich nicht gewollt!«

Wieder schüttelte Michael den Kopf. »Das weiß ich«, flüsterte er. Die Verzweiflung des Alten hing beinahe greifbar im Raum. Unwillkürlich strich Michael ihm über den Hinterkopf.

»Sie brauchen doch gar keine Fäden, so habe ich sie nicht geschaffen!«

»Ich weiß!«

»Aber warum wissen sie es denn nicht?« Die Augen des Puppenspielers waren geweitet und schwammen vor Tränen. Nie hatte Michael ihn derart fassungslos gesehen.

»Sie sind nun einmal nicht perfekt, Alter.« Er versuchte ein aufmunterndes Lächeln.

»Dann habe ich etwas falsch gemacht.«

»Deine Denkweise ehrt dich, doch erinnere dich! Du wolltest es so, du wolltest, dass sie selbst entscheiden können!«

»Sicherlich! Aber dazu brauchen sie keine Fäden«, wiederholte der Alte eindringlich. »Sie haben, was sie brauchen, ich gab ihnen ein Herz! Was könnte sie besser führen? Sie müssten nur lernen, darauf zu hören!«

»Du kannst nicht alle Probleme für sie lösen, auch wenn ich weiß, dass du sie gern behüten würdest.«

»Aber wer, außer mir, kann sie vor sich selbst schützen?« Der alte Mann schloss resigniert die Augen. »Wie soll ich dieses Durcheinander nur wieder richten?«

»Du hast es noch immer in der Hand.« Michael lächelte. »Und gerade weil du ohne Fäden leitest, wirst du es gut machen. Da bin ich sicher.«

Der Puppenspieler starrte wieder auf die Schnüre in seinen Händen, die sich wie Fesseln um seine Gelenke wanden. Dann wanderte der Blick seiner weißen Augen auf Michael. »Du hast Recht, mein Freund«, nickte er und straffte sich. »Es ist an der Zeit.«

Und im selben Moment, als Michael sich aufrichtete und seine Flügel spreizte, zerriss der Alte die Fäden. Eine gewaltige Explosion sprengte das Licht über der Bühne. Einen Lidschlag später lag sie in vollkommener Finsternis und Stille.

»Ein neuer Versuch?«, fragte Michael.

»Ein neuer Versuch«, lächelte der Puppenspieler.

Als das Licht wie ein Feuerball aus dem Nichts zurückkehrte, lag die Bühne leer und friedlich vor ihnen.

Die Überreste der Fäden schwebten als kalte Ascheteilchen zwischen den Sternen davon.

BILLY (II)

Klick.

Wieder nichts. Viermal in Folge. Sie schluckte schwer und ließ die Hand mit dem Revolver sinken. Mit der anderen zerrte sie ihren Tabakbeutel aus der Tasche des Mantels, der zusammengerollt neben ihr am Boden lag. Die Zigaretten waren fertig gedreht. Sie klemmte eine in ihren Mundwinkel, schmeckte den bitteren Geschmack des Tabaks durch das trockene Papier, das sofort an den blutigen Rissen ihrer aufgesprungenen Lippen haften blieb. Mit nur einer Hand entzündete sie ein Streichholz. Die Flamme spendete kaum Licht, doch genügte das, was sie sah, vollkommen. Die Wände, von denen der Putz beinahe zur Gänze herabgebröckelt war, und der sandige Boden erinnerten an eine Gefängniszelle. Kein Ort, an dem man bleiben mochte, aber das letzte Versteck, das ihr blieb. Sie lauschte. Noch immer glaubte sie, ein Scharren aus dem oberen Stockwerk zu vernehmen, aber vielleicht spielte ihre Wahrnehmung ihr einen Streich.

Bevor die Flamme erlosch, steckte sie die Zigarette in Brand und inhalierte den Rauch des ersten Zuges. Das Papier knisterte und ein glimmender Tabakfaden stürzte durch die Finsternis in ihren Schoß. Eine grauenhafte Angewohnheit. Doch es konnte das letzte Mal sein, weshalb sie beschloss, es zu genießen. Ein langgezogenes Heulen erklang und ein Schauer überlief sie. Sie waren noch im Haus.

Ihre rechte Hand zitterte, als sie sie auf dem angewinkelten Knie ablegte, unschlüssig, ob sie den Revolver auf die Tür oder sich selbst richten sollte. Mit dem dreckigen Hemdsärmel des linken Unterarmes wischte sie über ihr Gesicht und strich die Haare aus der Stirn, bevor sie ein weiteres Mal an der Zigarette zog. Sie spürte, wie sich der Rauch beißend und kratzend bis in ihre Lunge vorarbeitete, lehnte den Kopf in den Nacken und schloss die Augen.

Eine Kugel. Zwei Chancen. Am Ende des Weges wartete die Freiheit. Es musste so sein. Es musste jemanden geben, der ihre stillen Gebete erhörte.

Sie inhalierte tief.

Glaubte sie das wirklich? Hatte sie nicht selbst den Reverend zerfetzt und blutig im Staub vor seiner Kapelle liegen sehen?

Als sich der Rauch aus ihren Nasenlöchern kringelte, hörte sie das Scharren erneut. Tappende Schritte. Ein Kratzen, ein Hecheln und Knurren.

Sie nahm die Zigarette aus dem Mund – ihre Unterlippe riss frisch auf – und erstickte sie im Sand zwischen ihren Knien. Ihre Rechte zitterte nicht mehr, als sie das kalte Metall an ihre Schläfe führte.

Noch einmal.

Klick.

Engel

Der große Zeiger der Bahnhofsuhr springt mit einem hörbaren Klack nach vorn, ehe die Abfahrtstafel geräuschvoll die Zeiten neu sortiert. Mein Zug, der einzige in meine Richtung, hat Verspätung und draußen regnet es in Strömen.

Der kleine, heruntergekommene Bahnhof bietet kaum Möglichkeiten, meine Wartezeit zu überbrücken. Die örtliche Kreisbibliothek hatte mich zu einer Lesung eingeladen, und da mein Verleger die Ansicht vertritt, man dürfe auch die Leser abgelegener Ortschaften nicht verprellen, war ich der Bitte gefolgt. Natürlich hatte er Recht: Die Resonanz meines verblüffend zahlreichen Publikums war ausnahmslos positiv ausgefallen.

Die Pension, in der ich geschlafen habe, war wenig gemütlich. Dafür bot sie ein ausgezeichnetes Frühstück. Alles in allem nehme ich es meinem Agenten nicht übel, mich in die Pampa geschickt zu haben. Sie wissen schon. Es sind nicht immer genug Rosinen im Kuchen.

Erstaunlich viele Menschen drängen sich in das kleine Bahnhofscafé. Doch auch hier drinnen ist es kalt und wenig einladend. Ich stelle den Kragen meines Trenchcoats auf. Der nasskalte Luftzug lässt mich an eine drohende Erkältung denken.

Ich besorge mir an der Bar eine Tasse heißen Tee und begebe mich zu einem kleinen Tisch, an dem nur ein einzelner Mann in etwa meinem Alter sitzt. Er hat kein Gepäck dabei, wie mir auffällt. Er hockt wie verloren vor einer leeren Tasse und starrt ins Nichts. Auch auf meine Frage, ob ich mich setzen dürfe, nickt er nur abwesend.

»Geht es Ihnen gut?«, frage ich den Mann.

Wieder dieses Nicken.

»Warten Sie auf jemanden?«

Nun sieht er mich an. Aus seinen Augen springt mir eine tiefe Traurigkeit entgegen. Ich fühle mich unbehaglich und frage mich, ob ich nicht doch den Tisch mit den zwei alten Damen hätte wählen sollen.

»Nein«, antwortet er. »Ich warte auf niemanden.« Seine Stimme klingt leise, schwach, und doch dringt sie laut an mein Ohr, selbst hier in diesem überfüllten Café, in dem der Lärm der Menge zu dem bedrohlichen Brummen eines nahen Wespenschwarms angeschwollen ist.

Ich lächle ihm stumm zu und widme mich dann mit voller Aufmerksamkeit dem Teebeutel in meinem Becher. Sollte ich ihn noch einmal ansprechen?

»Glauben Sie an Gott?«, fragt er mich plötzlich.

Überrascht sehe ich auf. »An Gott?«, wiederhole ich. »Nun ... ich denke, nein!«

Er nickt und versinkt wieder in seinen Gedanken.

»Sie?«, frage ich zurück, weil mir nichts Besseres einfällt.

Er lacht. Es ist ein trockenes, heiseres Lachen voller Ironie. »Ich glaube an Engel«, sagt er stattdessen.

»An Engel? Und nicht an Gott? Das müssen Sie mir näher erklären!«

Er lässt seinen Blick durch das Café schweifen, verharrt kurz an einer Stelle – ich kann nicht erkennen, was er so sehnsüchtig betrachtet. Eine Gruppe Jugendlicher versperrt mir die Sicht.

»Sie meinen, dass es sich ausschließt.« Er schüttelt den Kopf. »Gott ist es nicht wert, dass ich an ihn glaube. Er ist grausam!«

Aha, denke ich. Er ist verbittert. »Grausam?«, frage ich zurück.

»Das, was er den Engeln antut, ist grausam!«

Ich fange an, am Verstand meines Gegenübers zu zweifeln, beschließe aber, trotzdem höflich zu bleiben. Noch dreißig Minuten bis zur Einfahrt meines Zuges. Solange würde ich auch das Gespräch mit einem Irren aushalten. Besser immerhin, als im Regen zu frieren. »Was tut er ihnen denn Ihrer Meinung nach an?«

Er mustert mich geringschätzig und gibt ein Schnauben von sich. »Er bestraft sie! Nimmt ihnen den freien Willen. Sie können sich nicht aussuchen, was sie tun, werden zu Taten gezwungen. Und wie es ihnen dabei geht, danach fragt niemand, darum kümmert Gott sich nicht!«

Ich spüre, wie sich meine Augenbrauen ungläubig heben. »Haben Sie je einen Engel gesehen?«

Die Traurigkeit in seinen Augen glimmt erneut auf. »Ich habe einen geliebt.«

»Geliebt?« Ich muss lernen, den Spott in meiner Stimme besser zu unterdrücken.

»Was glauben Sie, wie Engel aussehen? Und was ihre Aufgabe ist?«, fragt er nun mich.

Zugegeben, ich habe nie darüber nachgedacht. Wenn ich an Engel denke, sehe ich diese weißgekleideten, blonden und geflügelten Gestalten vor mir.

»Weiß mit Flügelchen, hm?« Er schnaubt erneut und schüttelt den Kopf. Dann nickt er in die Richtung, in die er zuvor schon geschaut hat. Ich folge seinem Blick und kann jetzt in einer Ecke zwei junge Frauen sitzen sehen. Beide haben langes, dunkles Haar und tragen schwarze Kleider. Ihre Haut ist hell und sie lächeln einander an, erzählen sich etwas. Nur die Augen der Größeren sind für mich zu erkennen, sie wirken auf mich unendlich traurig. Die Frauen unterbrechen ihr Gespräch und blicken zu uns herüber. Ein Schauer überläuft meinen Rücken. Erst lächeln beide. Auch ihre Augen beginnen zu strahlen, doch da flackert etwas wie Erkenntnis in ihnen auf. Sie wenden sich wieder einander zu und führen ihre Unterhaltung fort. Die Größere lächelt nicht mehr.

Fragend wende ich mich an meinen Gesprächspartner. »Sie meinen doch nicht ernsthaft ...?«

Er nickt. »Sie war meine Freundin«, antwortet er.

Ich beginne zu verstehen. Sie hat ihn verlassen, doch er kann sie nicht loslassen. Er ist frustriert und verehrt sie noch immer. In Gedanken schüttle ich den Kopf. »Und weil Sie sie geliebt haben, glauben Sie, dass sie ein Engel ist?« Da ist er wieder, der Spott. Ich bemühe mich, meiner Mimik einen entschuldigenden Ausdruck zu verleihen.

»Ich weiß es«, sagt er schlicht.

Unglauben steht mir ins Gesicht geschrieben. Ich kann mein Spiegelbild in der glänzenden Front des Tresens erkennen.

»Schätzen Sie, wie alt sie ist«, fordert er mich auf.

Ich blicke wieder zu den beiden Frauen zurück. »Vielleicht zwanzig«, schätze ich.

»Sie wird fünfundvierzig«, antwortet er.

Ich lache und erkläre, dass junges Aussehen allein kein Beweis sei.

»Fragen Sie ihre Ex-Partner«, sagt er.

Wie ich das machen solle, will ich wissen.

Er zuckt mit den Schultern. »Glauben Sie mir, es gibt nichts Schöneres und zugleich Traurigeres, als von ihr geliebt zu werden.«

Ich denke an meine Frau. »Wenn es danach geht, hat wohl jeder seinen persönlichen Engel.« Ich lächle ihn an und glaube wieder, zu verstehen.

»Sie kommen nur zu denen, die verzweifelt sind«, erklärt er. Seine Stimme ist noch immer nicht mehr als ein Hauch und doch übertönt sie alles andere. Langsam beginnt er, mich zu faszinieren. »Zu denen, die einsam und verlassen sind, und beglücken sie für eine gewisse Zeit. Sie geben den Verlassenen Kraft und Hoffnung. Und dann, wenn sie auf jemanden treffen, der ihrer dringender bedarf, werden sie weiter geschickt. Keiner fragt, ob sie wollen. Es ist, als werde ein Schalter in ihnen umgelegt. Sie können sich nicht wehren, nichts dagegen tun. Doch auch sie leiden!« Seine Worte klingen wie eine Beschwörung.

»Entschuldigen Sie, aber …«

Er schüttelt wieder den Kopf. »Niemand, der je mit einer von ihnen zusammen war, hat sich wieder neu verliebt«, sagt er. Seine Augen blicken sehnsüchtig auf die junge Frau. Sie ist nie im Leben fünfundvierzig!

»Wie lange ist Ihre Trennung her?«

»Zehn Jahre, drei Monate, zwei Wochen und vier Tage.«

Ich mustere ihn. Er scheint überzeugt von dem, was er da redet. Nun, Fanatiker soll man nicht aufhalten.

Er sieht auf die Uhr und springt hastig auf, entschuldigt sich. Es sei an der Zeit, sagt er. Ich schaue ihm nach, wie er sich davonmacht. An der Tür bleibt er kurz stehen und blickt zurück. Zurück zu der Frau. Ich beobachte, wie sie sich ihm zuwendet. Und langsam, kaum erkennbar den Kopf schüttelt. Daraufhin dreht er sich um und geht. Noch immer ist der Lärm des Cafés nur ein monotones Summen in meinen Ohren. Ich sehe, wie die große sich etwas von der Wange wischt. Sie kennt ihn. Zweifelsfrei.

Plötzlich wird es mir selbst hier drinnen zu kalt. Mein Tee ist nur noch lauwarm. Ich habe ihn kaum angerührt, stelle ich fest. Ich beschließe, die restlichen zwanzig Minuten am Gleis zu warten, hebe meinen Koffer auf und mache mich auf den Weg zum Bahnsteig. Das kalte Nass erscheint mir einladender als die bedrückende Atmosphäre im Café. Ich freue mich auf zu Hause.

Während der Regen um mich von den Pfeilern der Überdachung tropft, verdränge ich das Bild des seltsamen Mannes aus meinen Gedanken. Ich denke an mein neues Buch und wann ich wohl endlich einen Schluss dafür fände. Dann ertönt eine Durchsage. Mein Zug fällt aus, heißt es.

»Personenschaden.«

Am nächsten Tag regnet es nicht mehr. Doch kalt ist es noch immer. Ich begegne den beiden Frauen vom Vortag am Bahnsteig wieder.

Die kleinere hält die Hand auf der Schulter der großen, in deren Augen Tränen glitzern. Sie steht einfach nur da und starrt auf die Gleise.

Spätestens jetzt weiß ich, was geschehen ist.

Vorsichtig nähere ich mich den beiden.

Ich tippe der größeren auf die Schulter.

Ob es ihr gut geht, will ich wissen.

Sie lächelt. Was für ein Lächeln! Was für Augen ... Ich muss mir meine Frau ins Gedächtnis rufen.

Sie nickt. Die zweite Frau steht mit ernstem Blick daneben.

Ich lade beide auf einen Kaffee ein. Die kleine schweigt. Die große lächelt noch immer. Doch sie lehnt schüchtern ab.

Ich wünsche einen schönen Tag und gehe auf die Wartehalle zu.

»Du brauchst uns nicht«, wispert eine zarte Stimme in meinem Kopf.

Mir wird warm und ich blicke zurück. Ich sehe niemanden, doch wundert es mich nicht.

Glauben Sie an Gott? – Nein? Ich auch nicht.

Aber ich glaube an Engel.

Ein Sommernachtstraum

Jenna wusste nicht, was sie aus dem Schlaf gerissen hatte. Die Nacht war noch lange nicht vorüber. Der volle Mond stand hoch am Himmel und sein silbernes Licht kroch durch das Fensterglas, trieb die Finsternis hinaus und ließ den spärlich eingerichteten Raum, den sie seit einigen Tagen bewohnte, unwirklich schimmern. Im gesamten Haus herrschte Stille und doch konnte sie das unbestimmte Gefühl nicht abschütteln, dass etwas sie geweckt hatte; sie absichtlich hatte wecken wollen. Hatte Tante Maggie nach ihr gerufen? Sie lauschte angestrengt. Doch kein Laut war zu hören, nichts. Kein Rufen, keine Schritte. Sogar der Wald ruhte stumm hinter den alten Mauern. Jenna hielt den Atem an und verharrte eine Weile reglos. Als nichts weiter geschah, entschied sie, nach Maggie zu sehen. Schließlich war sie ihretwegen hierher, ans Ende der Zivilisation, gekommen. Maggie hatte Jenna gebeten auf sie Acht zu geben, also würde sie genau dies tun, obwohl bisher kein Zeichen der angeblichen gesundheitlichen Schwäche ihrer Tante zu entdecken war.

Sie schwang die Füße aus dem Bett und huschte leise in den Flur hinaus. Licht benötigte sie keins, der Mondschein spendete ausreichend Helligkeit. Als sie die Tür zu Maggies Schlafzimmer erreichte, lauschte sie erneut, doch alles blieb still.

»Maggie?«, flüsterte sie.

Keine Antwort.

Behutsam drückte sie die Klinke hinunter und schob die Tür einen Spalt weit auf. Das alte Holz knarrte.

»Maggie?«, wiederholte sie, lauter diesmal, doch wieder kam keine Antwort.

Jenna zögerte. Doch mit dem Gedanken an Maggies zweifelhaften Gesundheitszustand betrat sie das Schlafzimmer.

Die Sträußchen getrockneter Kräuter, die dutzendweise von den Dachbalken herabhingen, raschelten im Luftzug, als sie an ihnen vorüberschlich. Maggie lag reglos in ihrem Bett. Sie schlief, ihr Atem ging ruhig und ihr langes, graues Haar glänzte silbern auf den Kissen. Abermals flüsterte Jenna ihren Namen, doch Maggie rührte sich nicht. Was immer sie geweckt hatte, ihre Tante war es nicht gewesen. Vermutlich hatte sie geträumt.

Jenna horchte noch einen Augenblick den gleichmäßigen Atemzügen, dann verließ sie beruhigt das Zimmer und zog die Tür hinter sich ins Schloss.

Statt in ihr Bett zurückzukehren, stieg sie auf Zehenspitzen die Treppe hinab und schlüpfte in die Speisekammer, um einen Schluck Wasser zu trinken. Einen Kühlschrank gab es bei Maggie nicht. Sie lehnte am Rahmen der Küchentür, während sie trank, und schaute durch die windschiefen Fenster in die Nacht hinaus. In der Stadt hatte sie nie bemerkt, wie hell der Mond tatsächlich schien, aber hier, im Nirgendwo, wo es weit und breit kein elektrisches Licht gab, da leuchtete er so strahlend wie ein

Dutzend Straßenlaternen. Sie konnte deutlich die Umrisse des Schafstalls erkennen, die Heckenrosen und Brombeerbüsche, den wackeligen Holzzaun, an dem ein rostiges, blaues Fahrrad lehnte, und die Wasserpumpe, die neben dem kleinen Gewächshaus stand. Alles erschien unwirklich und kühl, fast kam sie in Versuchung, sich in den Arm zu kneifen, um festzustellen, ob sie nicht bloß träumte. Diese Nacht kam ihr vor wie verzaubert.

Sie führte gerade wieder das Glas an die Lippen, als ein Reißen ihren Körper durchzuckte. Etwas zerrte an ihrer Seele und gipfelte als lautloser Donner in ihren Gedanken, wie eine Explosion, deren Echo ihren Namen rief. Vor Schreck ließ sie das Glas fallen. Es zersprang auf dem Steinboden, sein Klirren tönte laut durch die Stille. Sie presste ihren Rücken gegen den Türrahmen. Ihr Herz raste. Es gab keinen Zweifel; das war kein Traum, sie war hellwach.

Jenna verharrte reglos, mühte sich ihren Atem zu beruhigen und lauschte. Alles um sie herum lag in vollkommener Stille. Da war nichts als ihr eigener hämmernder Herzschlag und das Blut, das durch ihre Adern jagte.

Doch ganz eindeutig hatte jemand – etwas – ihren Namen gerufen. In ihrem Kopf! Wie war das möglich? Der Laut war so wirklich gewesen, so durchdringend wie der Knall, mit dem ein Flugzeug die Schallmauer durchbricht, so dröhnend und plötzlich, als hätte jemand den Lautstärkeregler einer Musikanlage innerhalb einer Sekunde von Null auf Hundert und wieder zurück gedreht. Jenna glaubte nicht an Geister – doch Tante Maggie hatte ihr, schon als sie noch ein Kind gewesen war, weismachen wollen, hier draußen in Glendalough sei alles ein bisschen anders. Zum ersten Mal in ihrem Leben war sie versucht, diesen Worten zu glauben.

Sie hatte sich gerade etwas beruhigt und mit zitternden Fingern begonnen, die Glasscherben aufzuheben, da hörte sie es erneut.

»Jenna!«, wisperte es, diesmal so leise und vorsichtig, dass sie kaum sicher sein konnte, es sich nicht bloß einzubilden. Die Stimme war wenig mehr als ein Ausatmen, ein warmer Hauch auf einer kalten Fensterscheibe, und doch fuhr sie ihr bis ins Mark und verursachte eine Gänsehaut. Trotzdem hatte sie keine Angst; im Gegenteil.

Sie ließ die Scherben liegen, richtete sich auf und sah sich um. »Wer ist da?«, flüsterte sie zurück, obwohl sie wusste, dass sie allein und die Stimme nicht real gewesen war. Sie klang in ihr, war nur für sie bestimmt, war ein Gefühl, ein Ziehen hinter ihrem Herzen. Sie weckte eine Sehnsucht in ihr, die sie nicht erklären konnte. Eine Sehnsucht nach etwas lange Verlorenem und Vergessenem.

»Jenna!«, lockte es wieder. So zart.

Sie trat an eines der Fenster und blickte angestrengt in den nächtlichen Garten, doch der lag so unbeweglich vor ihr wie die Abbildung auf einer Postkarte. Nicht ein Blättchen regte sich.

Ihre Beine bewegten sich fast wie von selbst. Sie stieg über das zersprungene Glas und lief in die Diele, wo sie den altmodischen Umhang ihrer Tante vom Garderobenhaken nahm, über ihr Nachthemd warf und aus der Tür hinaus in die Dunkelheit schlüpfte.

Es war eine laue Sommernacht. Trotz ihrer nackten Füße und der bloßen Beine fror sie nicht. Lautlos schlich sie zum Gartentor und horchte. Auch hier war kein Laut zu hören. Nicht einmal Maggies Schafe, die auf der Wiese hinter dem Stall weideten, verursachten ein Geräusch. Die Nacht lag reglos und still wie ein Gemälde vor ihr und der Wunsch, es zu betreten, kitzelte Jennas Nacken.

Als wolle, was auch immer nach ihr rief, die Richtigkeit ihres Wunsches bekräftigen, spürte sie das Flüstern erneut. Die Stimme war so voller Wärme, dass sie nicht widerstehen konnte. Jenna öffnete die Gartenpforte und folgte dem Weg in den Wald.

Es war, als hätte sie eine andere Welt betreten. Obwohl die Bäume dicht beieinanderstanden, drang das Vollmondlicht mühelos durch die üppigen Wipfel und beleuchtete den ausgetretenen Pfad, der sich vor ihr durch das Dickicht schlängelte. Jenna wusste, er führte talwärts bis zur alten Klosterruine, aber heute stieg das Gelände unter ihren Füßen stetig an. Verunsichert blieb sie stehen und wollte zurück zu Maggies Haus blicken, doch ein sanfter Wind trug ihren Namen an ihr Ohr und nahm ihren Blick mit sich. Er fuhr rauschend durch das Blattwerk des Unterholzes und ließ das silberne Licht auf den sich wiegenden Ästen und Büschen funkeln, als wären sie nicht mit Blättern, sondern tausend strahlenden Blüten geschmückt. Als das Schauspiel sie freigab und Jenna schließlich zurückblickte, waren das Haus und der Pfad dorthin verschwunden.

Suchend drehte sie sich im Kreis. Sie war erst wenige Schritte gegangen und doch hatte sie keine Ahnung, wo sie sich befand. Weiches Moos füllte die Lücken zwischen ihren Zehen, wo zuvor Staub und Erde gewesen waren. Der Wald schien mit einem Mal viel älter zu sein als der, den sie kannte. Die Baumstämme waren von kräftigerem Wuchs, die Borke satter und von tiefen Furchen durchzogen. Efeu rankte die Wurzeln empor und sie glaubte, die Blüten von Scharfgarbe und Eisenkraut zwischen ihnen zu erkennen. Hier war sie niemals zuvor gewesen.

Während sie noch über die fremde Umgebung staunte, drang aus der Ferne plötzlich Musik an ihr Ohr. Glöckchen klirrten und der Wind blies zarte Flötentöne in ihre Richtung, die einen wohligen Schauer über ihre Haut jagten. Angezogen von den süßen Klängen stieg sie ohne weiteres Zögern den Hang hinauf. Sie folgte der lockenden Melodie über moosbedeckte Wurzeln, zwischen Büschen und dicht stehenden Baumstämmen hindurch und gelangte schließlich an eine Quelle, die einem riesigen Wurzelstock entsprang und das Mondlicht reflektierte wie ein zerbrochener Spiegel. Das Plätschern und Gurgeln des Wassers stimmte nahtlos in die Musik ein und fast meinte sie, leises Gelächter zu hören; es konnte nicht mehr weit sein.

Jenna folgte dem singenden Rinnsal, bis es über einige blankgespülte Steinplatten sprudelte und an

Geschwindigkeit zunahm, nur um kurz darauf einen kleinen Abhang hinabzustürzen. Sie näherte sich dem Vorsprung, um es dem Wasser gleich zu tun und hinunterzuklettern, doch sie erstarrte in der Bewegung und zog sich hastig zurück. Hinter den ausladenden Ast einer Tanne geduckt horchte sie.

Ausgelassenes Lachen klang durch die Nacht. Vielstimmiger Singsang in einer Sprache, die sie nicht verstand, begleitete das Spiel der Musik. Mit angehaltenem Atem beugte Jenna sich vor und spähte vorsichtig in die Richtung, aus der die Geräusche kamen.

Unter ihr öffnete sich das Grün des Waldes zu einer Lichtung. Das Mondlicht strömte ungehindert auf die weite Fläche, auf der mehrere Gestalten mit wehendem Haar und fliegenden Tüchern tanzten. Das schimmernde Licht brach sich auf der Haut der Wesen, die bei den einen weiß war wie feinstes Alabaster, bei anderen vom zarten Grün eines jungen Sprösslings. Tausend Glühwürmchen erfüllten die Luft um die Feiernden wie Sterne.

Vollkommen verzaubert konnte Jenna nicht widerstehen. Sie verließ den Schatten der Tanne und wagte es aufzustehen, um besser beobachten zu können.

Ein Teil von ihr wollte kaum für möglich halten, was sie dort sah, aber tief in sich spürte sie ein leises Gefühl des Wiedererkennens, das sich warm und behaglich in ihr auszubreiten begann. Je länger sie dem Treiben folgte, desto leichter fiel ihr zu erkennen, wie sehr diese Wesen sich voneinander unterschieden. Einige waren von zarter, schmaler Statur, andere hochgewachsen und drahtig. Manche schienen Frauen zu sein, in durchsichtigen Gewändern, mit Tautropfen als Perlen in Haaren aus gesponnenem Sternenlicht. Wieder andere sahen aus wie Kinder mit Schöpfen aus Ästen oder Mooskissen, deren Hände lange, fast krallenartige Finger besaßen, die, statt Kleidung zu tragen, mit Rinden und Flechten bewachsen waren und jeder für sich ein freches Koboldlachen im Gesicht trugen. Sie erkannte einen Mann mit Hufen statt Füßen und kleinen Hörnern auf der Stirn und einige durchscheinende Wesen mit Flügeln am Rücken, die in allen Regenbogenfarben schimmerten.

Wie sie alle dort sangen und lachten und sich im Mondschein wiegten, wuchs Jennas Wunsch mitten unter ihnen zu sein, doch sie wagte nicht, näher heranzugehen. Sie fürchtete den Zauber zu zerstören, also blieb sie stehen, sah zu und vergaß die Welt um sich herum.

»Du solltest nicht hier sein.« Die tiefe, rauchige Stimme erklang in ihrem Rücken.

Jenna erschrak und wirbelte herum. Der Mann, der hinter ihr stand, war sehr groß und muskulös und wirkte deutlich weniger zart als die Tänzer auf der Lichtung, obwohl er ganz unzweifelhaft zu ihnen gehörte. Sein Oberkörper war nackt, seine Haut gebräunt, fast rot und stellenweise mit dunklen Symbolen bedeckt, die seine Muskeln hervorhoben. Sein Gesicht war markant – beinahe grob – und bärtig, doch die schwarzen Augen blickten sanft und glitzerten, als stünden Tränen darin. Sein

Haar war braun wie frisch vom Regen getränkte Erde und von den Schläfen wanden sich in weitem Bogen zwei große Widderhörner um seinen Kopf. Sein Unterkörper war von den Lenden abwärts mit braunem Fell bedeckt. Jenna war unfähig sich zu rühren, sie stand bloß da und starrte den Faun an, der sie seinerseits musterte. Als sie nicht reagierte, legte der Mann den Kopf schief. In seinem Blick lag keine Feindseligkeit, aber eine gewaltige Autorität, die sie frösteln ließ. Dies war ein Wächter, ein Wartender, und sie konnte sich nicht vorstellen, dass seine Augen sie gerade erst entdeckt hatten. Diesen Augen schien nichts zu entgehen.

»Du solltest nicht hier sein«, wiederholte er. Sein Akzent war breit und hart. Es war unschwer zu erkennen, wie ungewohnt ihre Sprache für ihn war. Doch seine tiefe, sanfte Stimme brachte einen Funken in ihrem Leib zum Klingen und ließ ihren gesamten Körper zittern.

Ihr habt mich doch gerufen, wollte sie sagen, brachte aber keinen Laut über die Lippen.

Trotzdem teilte ein breites Lächeln den Bart ihres Gegenübers und Jenna ahnte, dass es tatsächlich so gewesen war.

»Komm«, sagte er, nahm ihre Hand und führte sie hinab auf die Lichtung, wo sie sich in den Armen des Fauns dem Reigen anschloss. Seine starken Hände hielten sie. Er duftete nach Herbst und Ernte und Regen.

Obwohl niemand von ihr Notiz zu nehmen schien, flüsterten glückliche Stimmen ihren Namen und hießen sie willkommen.

Sie tanzten noch, als die Lichtung längst verschwunden und von keines Menschen Auge mehr zu erblicken war.

Als das Schwarz des Nachthimmels langsam einem Lapis-lazuli-Blau wich und die Sterne nach und nach verblassten, betrat Tante Maggie die Kammer, in der Jenna geschlafen hatte. Sie lächelte wehmütig, als sie das leere Bett entdeckte, begann aber sogleich damit, die Decken zu falten und im Schrank zu verstauen. Sie hatte ihr Versprechen gehalten. Was in dieser Sonnwendnacht vor langer Zeit zu ihnen gekommen war, hatte sie der anderen Seite zurückgegeben.

Maggie wusste, Jenna war zuhause.

Die Legende vom Halben Halbach

Irgendwo in den Wäldern zwischen Ronsdorf und Remscheid, weit unterhalb der Talsperre, aber noch nördlich des Clemenshammers, irgendwo hinter alten Tannen und fahlem Licht, am Ende vergessener Pfade und am Anfang des Nirgendwo, irgendwo dort sollte es sein: das Haus vom Halben Halbach.

Die Kinder machten sich einen Spaß daraus, es zu suchen. Sie streiften durch Unterholz und dichtes Geäst, neckten und erschreckten einander, riefen sich Warnungen zu, der Halbe wäre gleich hinter ihnen, und überlegten, was es für ein Abenteuer sein müsse, die Ruine des alten Gehöfts zu entdecken. Sie spotteten über jene, die nur hinter vorgehaltener Hand über Haus und Mann zu sprechen wagten, doch waren insgeheim selbst froh, wenn ein weiterer Tag vergangen war, an dem sie ohne grausige Neuigkeiten heimkehrten und beruhigt in ihre Betten schlüpfen konnten.

Gefunden hatten sie sein Haus nie. Aber da gab es diese Stelle, an der die Tannen dichter standen als anderswo und an der sich kein Sonnenstrahl je durch die üppigen Wipfel auf den Boden verirrte; dieses Wäldchen im Wald, das jeden Laut erstickte, jedes Licht verschlang und dem, der sich hineinwagte, Schauer über den Rücken jagte und seine

Sinne täuschte. Hier, so vermuteten die Kinder, müsse er versteckt sein, der Hof des rastlosen Mannes, der umging, in finsteren Nächten die abgeschiedenen Höfe heimsuchte und deren Bewohner mit sich nahm, die dann, bis in alle Ewigkeit, dazu verdammt waren, den Platz seiner jämmerlich verbrannten Familie einzunehmen.

Sie erfanden Mutproben, mit denen sie ihre Tapferkeit unter Beweis stellen wollten. Wer verharrte am längsten in dem verdorrten Dickicht? Wer wagte sich in der Dämmerung hinein? Wer mit verbundenen Augen? Und wer drang am tiefsten in die Dunkelheit vor?

Es war der kleine Paul von der Leyermühle, der eines Tages seinen ganzen Mut zusammennahm, einen Fuß vor den nächsten setzte und entschlossen in das Dickicht schritt. Die anderen Kinder kicherten und warteten auf den Angstschrei, der folgen musste, ehe der Hasenfuß mit vollen Hosen wieder herausgestürmt käme.

Doch der Schrei blieb aus.

Nach einer Weile verebbte das Lachen, wurde zu einem nervösen Murmeln, und schließlich standen die Kinder schweigend da und starrten in die Dunkelheit, in der man nur noch die Umrisse von Pauls weißem Hemd sehen konnte, das langsam und gleichmäßig auf und ab wippte und immer kleiner wurde.

Lisa rief als Erste nach ihm. Ihre Stimme klang unsicher und ängstlich.

Darauf folgte Stille.

Dann riefen auch Albert und Fritz, dann alle anderen.

»Paul! Paul!«, hallte es vielstimmig durch den Wald. »Paul!«

Doch Paul reagierte nicht. Er ging unbeirrt weiter, als prallten die Worte an einer unsichtbaren Mauer ab und als könnte er sie nicht hören.

Es war der Älteste, Elias, der schließlich selbst über die dunkle Schwelle schritt und »Kehr um!« brüllte. Er machte einige hastige Sprünge hinter dem weißen Fleck her, der zu verschwinden drohte, blieb jedoch bald stehen, sah unruhig umher und wand sich, als versuchten für das Auge verborgene Wesen nach ihm zu greifen. Schließlich machte er kehrt und lief zurück zu seinen Freunden.

»Es geht nicht!«, flüsterte er verzweifelt. Und rief noch einmal: »Paul, komm zurück! Du bist der Mutigste! Du hast gewonnen! Komm zurück!«

Aber von dem hellen Schemen war nichts mehr zu entdecken.

Paul war fort.

Ratlos standen die Kinder vor dem schwarzen Schlund, der ihren Freund verschluckt hatte, und blickten hinein. Hannes begann zu weinen und Lisa nahm stumm seine Hand. Sie war käseweiß um die Nase und ihre Knie zitterten.

Elias kaute an seiner Unterlippe. Er wusste, was sie sagen würden. Er war der Älteste, er hatte die Verantwortung! Sie würden ihm die Schuld geben. Sein Vater würde ihn windelweich schlagen und er würde nichts anderes mehr zu sehen bekommen als die Kirchenbank und den Stall. Vielleicht die Schulfibel. Vielleicht.

»Ich muss ihn da rausholen«, sagte er. Doch statt Entschlossenheit hörte er nur Angst aus seinen Worten.

»Geh nicht«, bat Lisa leise.

Fritz, Albert und Edgar starrten auf ihre staubigen Schuhe.

»Ich muss nach Hause«, murmelte Edgar.

»Du bleibst hier! Ihr bleibt alle hier!«, befahl Elias. »Wir müssen etwas tun, wir müssen Paul helfen!«

Doch keiner rührte sich. Sie standen starr und warteten auf einen hellen Fleck, der aus den Bäumen auftauchte, obwohl sie wussten, dass er nicht kommen würde.

Mit einem Mal stürmte Edgar los. Er drehte sich um und rannte, rannte so schnell er konnte den Hang hinter ihnen hinauf.

»Bleib stehen!«, brüllte Fritz und setzte hinterher.

»Lass ihn!« Elias blickte nur abfällig über die Schulter. »Der wäre uns ohnehin keine Hilfe!«

Aber auch Fritz fühlte sich anscheinend außerhalb der Reichweite von Elias' Arm am sichersten. Er sah sich noch einmal zögernd um.

»Entschuldigt«, murmelte er und kämpfte sich hinter Edgar den Berg hinauf, heimwärts nach Holthausen.

»Mist«, fauchte Elias.

Lisa blickte erst ihn an und dann Hannes, ihren kleinen Bruder, der noch immer schluchzte.

»Geh ruhig«, sagte Elias.

Doch Lisa schüttelte den Kopf.

»Was machen wir jetzt?«, fragte Albert.

»Wir müssen Paul da rausholen, sonst bringt mein Vater mich um.«

»Wir gehen alle zusammen!«, entschied Lisa. Sie fasste mit ihrer freien Hand nach der von Elias. »Halte du Albert fest, Hannes!«

Der Kleine gehorchte.

So standen die vier Kinder in einer Reihe. Elias, Lisa, Hannes und Albert.

»Wir gehen nur geradeaus. Dann können wir uns nicht verlaufen, oder?« Elias sah die anderen an. Als keiner widersprach, machte er den ersten Schritt.

Es wurde kühler, je weiter sie in das Dickicht eindrangen. Elias zwang sich, die Kälte auf das fehlende Sonnenlicht zu schieben. Lisas Hand in seiner war feucht von Schweiß.

Sie gingen ganz langsam, ließen einander nicht los. Trockene Zweige brachen krachend unter ihren Schritten. Der Wind säuselte gespenstisch in den Baumwipfeln und trug geflüsterte Worte an ihre Ohren, die jedem von ihnen andere Lügen erzählten. Hannes weinte leise.

Dann waren die Schatten wieder da. Elias sah sie lautlos zwischen den Baumstämmen umherschleichen. Sah, wie sie die vier Kinder belauerten, ihre Köpfe aus den Verstecken hoben und wieder dorthin zurückzogen, wie sie neugierig an sie heran huschten, ihre kalten Hände nach ihnen ausstreckten, nur um sogleich zu verschwinden. Lisas Fingernägel bohrten sich schmerzhaft in seine Hand. Er konnte ihren hastigen Atem hören. Sie sah die Wesen also auch!

Doch keines der Kinder blieb stehen, keines sah zurück. Sie gingen verbissen immer weiter, bis alles um sie herum finster und still war. Bis kein Licht mehr übrig war, das Schatten werfen konnte, bis sie vor lauter Angst nichts mehr hörten als die eigenen Schritte und das Rauschen in ihren Ohren.

Und dann spürte Elias etwas, direkt vor sich. Gleichzeitig hielten die Vier inne.

»Paul?«, flüsterte Lisa.

Plötzlich entflammte eine Feuerwand aus dem Nichts. Wenige Meter vor ihnen. Kreischende, prasselnde Flammen, gierig und heiß, glutrot und hell schossen durch die Finsternis Richtung Himmel.

Elias hörte Schreie. Aber es waren nicht Albert oder Hannes, Lisa oder er selbst, die schrien – die Stimmen kamen aus der Feuersbrunst vor ihnen. Sie schrien vor Schmerz und um ihr Leben.

Lisas Hand glitt aus seiner. Aus den Augenwinkeln nahm er wahr, wie sie vorwärtsstürmte. Sah sie denn die Flammen nicht?

»Halt!«, rief er, doch kein Laut verließ seine Lippen.

Ehe er wusste, was er tat, setzte er ihr nach, um sie aufzuhalten. Auch Hannes und Albert rannten hinterher. Elias packte Lisas Handgelenk, aber sie hatte das Feuer bereits erreicht. Er wollte sie zurückhalten, doch seine Hand war leer. Die Hitze versengte ihm die Finger und er wich zurück.

Er war allein.

Lisa war verschwunden. Und mit ihr Hannes und Albert.

»Nein!«, schrie Elias. »Nein, nein! Lisa! Lisa komm zurück! Paul! Hannes, Albert!«

Doch nichts als das Knistern der Glut antwortete ihm. Die Schreie aus dem Feuer waren verstummt, er stand allein in einem Kreis aus Flammen, die vorwärtszüngelten und ihn zu verschlingen drohten. Es gab keinen Ausweg. Nicht der Halbe würde ihn holen, sondern ... – halt! Mit einem wissenden Lächeln auf den Lippen trat Elias in die Hitze. Und geradewegs durch sie hindurch.

Kälte und Nacht empfingen ihn auf der anderen Seite. Paul war nicht zu entdecken, aber die anderen warteten bereits auf ihn. Erleichterung durchfuhr Elias. Dann sah er sich um.

Es war, als hätten sie eine fremde Welt betreten. Der finstere Wald lag jetzt in ihrem Rücken. Sie standen vor einer verwitterten Mauer mit einem gusseisernen Tor, das schief in seinen Angeln hing und bei jedem Windstoß klagend quietschte. Dahinter befand sich ein weitläufiger Hof, groß wie ein Weiler, mit einem stattlichen Haupthaus, einer großen Remise, mehreren Stallungen und einer Scheune. Und all das brannte lichterloh.

Sie hatten den Hof der Halbachs gefunden. Und sie hatten die Nacht gefunden, in der er niedergebrannt war.

Panische Laute der Tiere, die in den Ställen eingesperrt waren, drangen zu ihnen hinüber. Hufe die gegen Holzwände donnerten, klagendes, schrilles Wiehern. Scharrende Pfoten und Krallen auf Stein, Quieken und Krähen. Holzbalken, die leise splitterten, wenn das Feuer an ihren Spänen zu lecken begann, und die schließlich berstend und brechend nachgaben, niederstürzten und gänzlich verschlungen wurden, während sie alles um sich mit Funken besprühten und das Feuer weitertrugen. Und die menschlichen Schreie, die schon in der Flammenbarriere zu hören gewesen waren. Sie kamen aus dem Haupthaus. Die Laute vermischten sich zu einem schrecklichen Durcheinander, aus dem jeder Einzelne grausiger als der andere herauszuhören war, nur um sogleich von einem weiteren übertroffen zu werden. Ein Wasserfall aus Geräuschen, sich überschlagend und schwer auf die Herzen der Kinder niederstürzend.

Die rauchschwangere Luft brannte in ihren Kehlen.

»Dort!«, hauchte Lisa plötzlich und deutete mit der Hand durch das Tor.

In der Mitte des Hofes ragte der Schatten einer Gestalt in die flammenknisternde Nacht. Der Schatten brüllte zornig, voller Verzweiflung und Wut.

Eine Gänsehaut kroch Elias' Nacken empor. Nie hatte er Vergleichbares gehört. Das hier war Gebrüll aus reinem Hass, Heulen voll purer Hoffnungslosigkeit. Das hier war endlos und dauerte ewig. Und Elias wusste, wer der Schatten war: Dies war der Halbe Halbach, dazu verdammt, immer wieder mit anzusehen, wie sein Heim und seine Familie verbrannten.

Die Kinder steckten inmitten eines Albtraums. Seines Albtraums.

Doch eines stimmte nicht an diesem Bild: Der Halbach stürmte nicht in sein Haus, wie es die Legende erzählte. Er riskierte nicht sein Leben für seine Familie. Beging diese furchtlose Heldentat, die ihn zu dem gemacht hatte, was er seither war, einfach nicht. Er stand wie angewurzelt im Vorhof seines Gutes, einen umgekippten Eimer auf dem Kopfsteinpflaster zu seinen Füßen. Er warf seinen Kopf herum, blickte wild zwischen dem brennenden Haus und dem Tümpel links hinter den Scheunen hin und her, als müsse er eine unmögliche Entscheidung fällen. Und er brüllte seine Wut und seinen Schmerz in die Nacht hinein.

Dann bewegte er sich doch. Plötzlich humpelte der Schatten los, weg vom Haus und hin zum Tümpel, ohne seinen Eimer. Die Schreie im Gebäude wurden schriller, anklagender, schließlich hasserfüllt. Doch der Halbe hinkte und humpelte auf das Wasser zu und gab immer wieder diese entsetzlichen, unmenschlichen Klagelaute von sich. Er schlug sich durch die Böschung und fiel auf die Knie. Was er dort tat, entzog sich den Blicken der Kinder.

Und dann gellte ein weiterer Schrei durch die Nacht. Es war Hannes. Erschrocken packte ihn Lisa und hielt ihm die Hand vor den Mund. Doch es war zu spät.

Der Halbach erstarrte in seinem Tun und wandte ruckartig den Kopf zu ihnen um. Sein Gesicht lag im Schatten. Das tanzende Licht der Flammen machte an den dichten Zweigen der Uferböschung halt und ließ die Kinder nicht mehr als seinen Umriss erahnen. Es schien eine Ewigkeit zu dauern, bis er sich endlich abwandte und wieder seiner

Aufgabe widmete, als habe er sie gar nicht gesehen. Aber noch ehe sie erleichtert aufatmen konnten, entdeckten sie den wahren Grund für Hannes' Schrei: Fünf brennende Fackeln, die aus dem Gutshaus geschwebt kamen. Eine große und vier kleine Gestalten. Lang und schmal, mit Gesichtern aus Feuer und Stimmen aus Eis.

»*Was tust du? Uns sollst du retten!*«, klang es gefährlich und kalt.

Elias' Knie begannen zu zittern. Das mussten die verbrennende Frau und die Kinder sein! Sie kamen, um ihren Mann zu holen, der ihnen nicht half, der sie verbrennen ließ!

Als Elias schon im Begriff war, seine Freunde an den Händen zu packen und davonzurennen, zerrte der Halbach ein großes unförmiges Bündel ans Licht. Eine schlaffe, blasse Hand glitt langsam auf das Pflaster.

Paul.

Mit weit aufgerissenen Augen sah Elias die anderen an. Hannes drückte sein Gesicht an Lisas Bauch. Ihr standen Tränen in den Augen und Albert hatte die Hände vor den Mund geschlagen.

Wieder entfuhr dem Halbach ein entsetzlicher Klagelaut, der sich mit dem Knistern der Flammen und den Schreien des Todes dieser Nacht vermischte. Er drehte sich zu den näherkommenden Feuergestalten und wimmerte.

»*Uns, rette uns!*«, kreischten die.

Der Halbach sackte über Pauls Körper zusammen.

Ohne nachzudenken stürmte Elias vorwärts. Der Halbach durfte Paul nicht fressen! Die Wesen ihn nicht verbrennen! Er stieß das quietschende Tor so heftig auf, dass es laut gegen die Mauer krachte, und rannte hindurch auf den Hof, auf den Umriss am Tümpel zu.

»Nicht!«, rief Elias. »Lassen Sie Paul!«

»Elias!«, schrie Lisa hinter ihm.

Schwerfällig und schwankend richtete der Halbach sich auf, in seinen Armen den reglosen Paul. Im Schein der Flammenwesen konnte Elias sein Gesicht erkennen. Nun wusste er, weshalb er der Halbe genannt wurde: Während die linke Gesichtshälfte intakt und menschlich zu sein schien, war die andere vollkommen verbrannt. Die Haut war wächsern, teils schwarz, teils flammend rot, wulstig verquollen, mit rußigen Flecken bedeckt. Aschfarbene Schichten lösten sich davon ab. Das Auge der verkohlten Hälfte fehlte und wo das Ohr gewesen war, klaffte nichts als ein blutiges, leeres Loch. Seine Kleider waren rußgeschwärzt und bestanden nur aus Fetzen. Aus dem rechten Unterarm lugten blanke Knochen und sein rechtes Bein musste gebrochen sein, weshalb er so hinkte. Es war seltsam verdreht und zeigte einen schwarzen Abdruck. Der Gestank von verbranntem Fleisch ging von ihm aus und Elias wurde übel.

Unschlüssig blieb er stehen. Der Halbach hinkte auf ihn zu. Auch die brennenden Gestalten kamen näher. Die Luft wurde heißer. Sie ließ sich kaum mehr atmen. Das Knacken der Flammen dröhnte in seinen Ohren.

»Uns solltest du retten! Uns! Papa!«, flüsterte nun eines der Fackelwesen mit entsetzlich menschlicher Stimme. Klagend und voller Kummer.

»Nacht für Nacht komme ich und rette euch. Nacht für Nacht bin ich zu spät«, krächzte der Vater.

»Du musst es weiter versuchen! Rette uns!«, klagte das Kind.

Mühevoll schleppte der Halbe sich weiter.

»*Rette uns!*«, befahl es, nun wieder grabeskalt.

Der Bauer blieb stehen und sah hilflos zu den Feuergestalten auf.

»*Wir sind dein Leben, du wirst niemals Frieden finden, wenn du uns nicht rettest!*«

Kraftlos sank der Halbe auf die Knie. Paul rollte aus seinen verkohlten Fingern und blieb auf dem Boden liegen.

Und dann sah der Halbach Elias geradewegs in die Augen. »Hol deinen Freund!«

Elias zögerte.

»Schnell, bevor sie da sind!«, drängte er kehlig. »Hier kann nichts leben!«

»*Halt!*« fauchten die Stimmen. »*Das Menschenkind gehört uns!*«

Der Junge stolperte vorwärts. »Ich hole nur meinen Freund, ich hole nur meinen Freund, ich hole nur meinen Freund«, flüsterte er panisch und wiederholte die Worte wieder und wieder. Die Hitze des Feuers war ebenso unerträglich wie der Gestank des verkohlten Fleisches. Aber er ging immer näher, bis er vor dem Halben Halbach stand.

Das verbliebene tote Auge blickte beinahe traurig zu ihm auf.

»Er wollte mir beim Löschen helfen und fiel in den Teich. Hier lebt der Tod, nichts kann ich retten.«

Die Flammenwesen kamen näher.

»Dann hast du ihn nicht zu dir geholt?«, fragte Elias stockend.

»Hier lebt der Tod, nichts kann ich retten«, klagte der Halbe erneut und verfiel wieder in sein grässliches Jaulen.

»Uns! Das Kind gehört uns!«, kam es aus nächster Nähe.

Elias zögerte nicht länger, löste seine Augen von der verbrannten Gestalt, packte Pauls Arme und zerrte daran. Plötzlich war Albert an seiner Seite, nahm Paul bei den Füßen und gemeinsam stolperten sie davon. Sie hoben Paul in die Höhe und auf Elias' Rücken. Anschließend rannten die Kinder, so schnell sie konnten, aus dem brennenden Gehöft. Als sie das Tor durchquerten, blickte Elias noch einmal zurück. Seine Augen suchten das des Untoten. Als sie sich fanden, lächelte der Bauer.

Und Elias lächelte zurück.

Dann stürzten sich die Feuerwesen kreischend und rachlüstern auf ihn. Hitze und Gestank wallten auf, das Feuer wuchs rasend schnell, erfüllte bald den gesamten Hof. Mit einem schrillen Kreischen schwang das Tor, das Elias zuvor aufgeworfen hatte, wieder zu und schnappte krachend ins Schloss, sperrte die Kinder aus.

Elias schlug einen Arm vor die Augen. Eine Druckwelle, heiß wie tödliches Fieber, riss ihn zu Boden.

Als er sich aufrappelte, fand er sich auf dem Waldboden wieder, dort, wo Paul ins Dickicht gegangen war.

Paul!

Elias sprang auf die Füße.

Da lag er: Paul. Tropfnass und blass. Aber hustend und spuckend, keuchend dabei, Atem zu fassen.

»Paul!« Lisa warf sich auf die nasse Gestalt und umarmte sie.

Die drei Jungen sahen ihn nur an und lächelten.

Der Halbe hatte ihn gerettet. Der Halbe Halbach hatte den kleinen Paul von der Leyermühle, den Mutigsten von ihnen, gerettet!

Erst als sie Paul aufhalfen, bemerkten sie, dass das Dickicht verschwunden war. Es war, als habe es das düstere Wäldchen niemals gegeben. An seiner Stelle lag nur der Wald, standen junge Buchen und stacheliger Ginster. Ein Stück weiter konnte Elias vom Wetter geschliffene Bruchstücke einer moosbewachsenen Mauer erkennen, an der an einem einzelnen, verbogenen Nagel schief ein rostiges Scharnier hing, das vor sehr langer Zeit einmal ein Tor gehalten haben mochte.

Was sonst noch da war, erkundeten sie nicht. Sie griffen Paul unter die Arme und machten sich auf den Heimweg, ohne sich noch einmal umzusehen.

Und wenn von nun an ein Unglück geschah und jemand hinter vorgehaltener Hand behauptete, der Halbe habe seine Finger im Spiel, dann schüttelten fünf Kinder wissend ihre Köpfe und erklärten, der Halbe habe seinen Frieden gefunden.

Die Seele der Angst

»Wo sind wir?«

»Das ist mein altes Kinderzimmer«, höre ich meine eigene Stimme krächzen.

»Surreal«, sagt Martin.

Ich nicke, obwohl ich sicher bin, dass er davon nichts mitbekommt. Denn Martin starrt wie ich mit weit aufgerissenen Augen aus dem Fenster. Das weiß ich, ohne ihn anzusehen. Vermutlich weiß auch er um mein stummes Nicken.

Die Bezeichnung »surreal« trifft diesen Moment zu einhundertzehn Prozent.

Martin, mein Kollege aus dem Krankenhaus, und ich sitzen in unserer Arbeitskleidung, den blauen Arztklamotten, Schulter an Schulter auf meinem alten Bett in meinem alten Kinderzimmer. An der Wand klebt übertrieben bunte Tapete, bedeckt mit den Postern meines Teenie-Schwarms. Ein Kleiderschrank übersät mit bunten Aufklebern steht in einer Ecke, Stofftiere, getragene Kleidung und zerlesene BRAVO-Zeitschriften liegen auf dem Teppich verstreut. Ich weiß all das, ohne hingesehen zu haben. Dies ist mein Kinderzimmer, so wie es vor etwa 25 Jahren existiert hat. Und hier sitze ich mit Martin und starre unentwegt aus dem Fenster.

»Wo ist Simon?«, fragt Martin.

Meine Stimme ist kaum mehr als ein Flüstern, als ich antworte. »Ich weiß es nicht.« Angst schnürt mir die Kehle zu, raubt mir den Atem.

Simon.

Ich weiß immer, wo Simon ist.

Wir sind unzertrennlich, seit wir uns in der ersten Vorlesung an der Universität begegnet sind. Wir gehören zusammen. Es gibt keine Fragen, keine Eifersucht, keine Unsicherheiten. Simon und ich gehören zusammen. Punkt. Niemand hat je daran gezweifelt. Simon und Stella. Stella und Simon.

Doch heute weiß ich nicht, wo er ist. Ausgerechnet heute. An diesem surrealen Tag, an dem ich mit Martin in meinem Kinderzimmer sitze und aus dem Fenster starre.

Wir können weit sehen, Martin und ich. Über ein Feld, dann über einen Wald, dahinter erstreckt sich eine Stadt bis in den Horizont. Der Himmel ist rot, die Luft diesig. Vielleicht ist auch die Luft selbst rot, doch die Trübe behindert nicht unsere Sicht. Wolkenberge, wie ich sie niemals zuvor gesehen habe, türmen sich geballt und bedrohlich in den unendlichen Raum.

Trotz der Weite unseres Ausblicks erscheint mir heute alles ganz nah, wie bei einem drohenden Gewitter, wenn sich jeder Umriss klar gegen das Wetter abzeichnet. Heute ist nichts klar. Alles ist rot.

Ich versuche, an Sandstürme in der Wüste zu denken, aber der Geruch, der schwer in der Luft liegt und den ich selbst durch die geschlossenen Fenster wahrnehmen kann, ist mir zu vertraut.

Blut.

Doch nicht mein Zimmer, nicht der Himmel und nicht seine Farbe sind das Sonderbarste an diesem Tag: In scheinbar unregelmäßigen Abständen ragen gigantische weiße Kuppeln, ähnlich überdimensionierten Iglus mit schwarzen, schräg stehenden Schornsteinen aus der Szenerie: Flaktürme.

»Wie in *Star Wars*«, sagt Martin.

Wieder nicke ich ungesehen.

Als wäre mit Martins Worten eine unsichtbare Regieklappe gefallen, kommt Bewegung ins Bild und es wird laut. Die Erde bebt unter dem Dröhnen fremdartiger Maschinen, so stark, dass sich die Vibration auf mich überträgt und ich spüre, wie meine Zähne aufeinanderschlagen. Urplötzlich überkommt mich das Bild zweier Personen, die dort drüben in der Stadt an einem Fenster stehen und in unsere Richtung hinüberblicken. Über einen Wald, ein Feld, bis hin zu einer Stadt, die sich in den Horizont erstreckt. Erst jetzt weiß ich, erst jetzt begreife ich, dass auch um mein Elternhaus, um mein altes Kinderzimmer, direkt um uns herum diese Iglu-Ungetüme positioniert sind.

Ich presse die Kiefer aufeinander und das Klappern meiner Zähne verstummt.

Das Iglu, auf dem mein Blick schon seit einer ganzen Weile unbeweglich ruht, erwacht mit einem Mal zum Leben. Es schwenkt sein Geschütz. Ich glaube, das surrende Geräusch zu hören, welches mit der Bewegung einhergeht – vermutlich von einem Turm in unserer Nähe? Ich erstarre. Grelle, gelbe Lichtkugeln schwirren in den roten Himmel, verschwinden mit trügerischer Harmlosigkeit in den weichen Rundungen der aufgewallten Wolkenmassen, als wollten sie uns ein Feuerwerk präsentieren.

Wirklich wie *Star Wars*, denke ich.

»Es geht los«, flüstere ich.

Martin nimmt meine Hand. »Ich habe Angst«, sagt er.

Ich glaube, wer Martin kennt und von ihm diesen Satz hört, rennt, wenn er kann.

Ich kann es nicht, bin wie zu Eis erstarrt.

Wenn jemand wie Martin Angst hat, dann gibt es vermutlich auch allen Grund.

Martin, benannt nach Martin Luther King, ist 40 Jahre alt und ein erfolgreicher Kinderarzt, der vor einigen Jahren Frau und Kind verloren hat. Er ist stark. In jeder Hinsicht. Ich weiß, er trauert, aber er ist stark. Gegen seinen seelischen Stress betreibt er Krafttraining, wenn er Zeit dazu findet. Also in der Nacht, wenn er am Tage Dienst hat, und tagsüber, wenn er für die Nachschicht eingeteilt ist. Martin lebt für seine Arbeit und geht auf im Sport. Martin ist ein Schrank. Und dieser Riese, der das Schlimmste, was man sich vorstellen kann, bereits durchgemacht hat, sitzt neben mir in meinem Kinderzimmer, hält meine Hand und hat Angst.

Und ich weiß nicht, wo Simon ist.

Die anderen Geschütztürme folgen dem Beispiel des ersten. Der Himmel ist übersät von ihren leuchtenden Geschossen. In meinen Ohren dröhnt und surrt es.

Detonationen.

Explosionen.

Ich kann mich nicht rühren.

Krieg, denke ich, und habe eine Scheißangst.

Aber uns passiert nichts, wir sitzen ja hier in meinem Kinderzimmer. Ja, das muss es sein! Martin und ich befinden uns in einer ganz anderen Zeit, dies ist ein Blick in eine andere Welt, eine Zukunft! Wir sind gar nicht wirklich hier! Oder das, was wir sehen, ist nicht wirklich, etwas in der Art muss es sein.

Ein Turm erhebt sich. Ich weiß, seine Maschinerie brummt, die Gelenke quietschen, Lüfter surren. Aber ich kann nichts dergleichen vernehmen, in meinen Ohren hallt das Krachen und Splittern der Explosionen nach, füllt meine Wahrnehmung aus. Das, was einmal das Iglu gewesen ist, wird größer, transformiert sich. Es bekommt zwei Beine, verwandelt sich in einen riesigen Stahlgiganten, einen Mech. Zweifelsohne: *Star Wars*!

Das Ding kommt in unsere Richtung. Ich wünsche mir eine Stopp-Taste.

Noch vor Minuten dachte ich, es sei unmöglich, sich noch mehr zu fürchten, aber jetzt habe ich mehr Angst als zuvor. Das Ding kommt nicht nur in unsere Richtung, es kommt geradewegs auf uns zu. Es macht riesige Schritte, Häuser brechen unter seinen Metallfüßen ein, Bäume zerknicken, nichts hält stand.

Ich kann mich noch immer nicht rühren.

Mein Verstand spielt mir Theater vor, versucht mir einzureden, das Ding könne uns nichts anhaben.

Dann geht alles sehr schnell.

Mein Gedanke ist: ›Es kommt wirklich hierher‹, da haben wir schon kein Dach mehr über dem Kopf. Ich warte auf das Anschwellen des Lärms, doch stattdessen ist alles plötzlich ganz still. Ich bin nicht taub, ich kann den Wind durch mein Kinderzimmer pfeifen hören.

Ansonsten ist es still. Der Mech bewegt sich nicht mehr, er verharrt genau über uns.

»Got her!«, höre ich.

Ein Schuss.

Das Letzte, was ich sehe, ist mein Gesicht mit einem roten Punkt auf der Stirn, das sich in Martins nassen Augen spiegelt, als er sich zu meinem Leichnam hinunter beugt.

***

»Knospen!«, sagt Simon.

Simon ist da.

»Du sammelst die gelben, ich die blauen, Minkai die roten.«

»Simon?«

»Du sammelst die gelben!«

Ich reibe meine Augen.

Simon ist da.

Aber wo ist »da«?

Wir befinden uns in einem verwunschenen Wäldchen. Der Boden ist mit knospenden Blüten bedeckt, die jedoch nicht hier wachsen, sie liegen herum, als seien sie verstreut worden.

Gut, sammle ich die gelben, denke ich, als wäre dies nicht außergewöhnlich.

Wir tragen unsere Arbeitskleidung, Minkai, Simon und ich. Simon sieht ein bisschen zerknittert aus, sein Haar ist zerwuschelt, als wäre er gerade erst aufgestanden.

Minkai ist schwer zu erkennen. Unscharf. Meine Augen beginnen zu schmerzen, während ich sie zu erfassen versuche.

Ich betrachte stattdessen Simon.

»Wo ist deine Narbe?«, frage ich ihn. Simon hat eine kleine Narbe an der linken Augenbraue. Ich habe ihn am Tag unseres Kennenlernens mit einer Tür erwischt.

Simon lächelt mich nur versonnen an.

Ich wende mich an Minkai.

»Narbe? Simon hatte nie eine Narbe«, antwortet sie mir verwundert.

Ich verstehe nicht.

Andere Zeit, hallt es in meinen Gedanken.

Ich sammle die gelben Knospen und beobachte mich selbst dabei. Ich finde komisch, was ich da tue, aber führe es aus, als sei dies ganz normal. Als ich alle gelben Knospen gesammelt habe und nicht weiß, warum ich sicher bin, dass es wirklich alle waren, frage ich Simon, was ich damit machen soll.

»Gib sie IHR«, sagt er.

SIE.

SIE ist hier.

Der Gedanke an SIE legt sich wie ein dunkler Schatten über mein Herz. Wir hatten SIE in die Neurologie geschickt. Gestern. Ein bisschen schizo, hatte Minkai vermutet. Niemand hat widersprochen.

SIE ist da, ich fühle es. Ich habe Angst, so wie ich sie in meinem Kinderzimmer gehabt habe. Wie ich sie im Krankenhaus in IHREM Zimmer verspürt habe.

»Wo ist Martin?«, frage ich.

»Er wird kommen«, sagt IHRE Stimme.

Mich überläuft es eiskalt.

SIE nimmt meine gelben Knospen, weist mich an IHR zu folgen.

SIE kippt sie in einen riesigen Kessel.

Ich blicke hinein und es ist, als blickte ich aus den Wolken hinab auf die Erde. Ich sehe die Knospen fallen, sehe, wie sie den Erdboden berühren, wie sie aufgehen und wie jede einzelne zu einer tödlichen Dornenranke wird, die den Menschen hinterherjagt, sie einfängt, aufspießt, tötet und durch das Blut ihrer Opfer unaufhaltsam weiterwächst.

Ich will mich abwenden, aber SIE hindert mich. Ich schließe meine Augen, doch die Bilder bleiben.

Was Simons und Minkais Knospen anrichten, kann ich nicht sehen. Beide sind ebenfalls über einen Kessel gebeugt.

Später sitzen wir im Nichts.

Es ist noch immer dieser Wald, aber er hat seine verwunschene Unschuld verloren. Es ist kalt, es ist einsam hier.

Wie ein Kind legt Simon seinen Kopf an meine Schulter. Er summt vor sich hin. Seine Hände spielen mit einem großen roten Kassettenrekorder.

»Ich weiß, wofür diese Taste ist«, sagt er zu sich. Seine Hände bemühen sich, sie zu drücken, schaffen es jedoch nicht.

Wieder erschauere ich.

Simon.

Ich kenne niemanden mit einem derart analytischen und präzisen Verstand wie Simon. Doch Simon sitzt neben mir wie ein kleines Kind.

Aber er ist da.

Sein Kopf ruht an meiner Schulter, ich fühle seine Wärme und trotzdem ist es einsam hier.

Minkai kauert ein wenig abseits und hält einen Spiegel. Ich kann sie noch immer nicht richtig erkennen. Minkai. Die hübscheste Frau, die ich mir vorstellen kann. Sie berührt den Spiegel.

Plötzlich wird mir klar, wäre Martin hier, er hätte keine dieser Knospen heben können.

Und ich frage mich, was ist es, was ich verloren habe?

Simon ist doch da? Was habe ich verloren?

Ich fühle die Berührung seiner Hand, als er mit meinen Fingern spielt. Doch es ist einsam hier.

Was nur?

Die Yuki'hiyaku und das Licht

Es kam Yuki'go vor, als schiene die Sonne bereits seit Tagen auf ihre von der Nacht regierte Welt, dabei waren erst zweimal zwölf Stunden verstrichen. Das grelle Licht blendete und brannte in ihren seit geraumer Zeit tränenden Augen, ließ jegliche Konturen der Umgebung zu einem alles durchdringenden Weiß verschmelzen und bereitete ihr zunehmende Qualen.

Wer konnte sich erinnern, je eine solch lang andauernde Periode der Helligkeit erlebt zu haben? Wenn sie doch nur wieder richtig sehen könnte!

»Wie weit müssen wir noch gehen, Großmutter?«, jammerte Yuki'go müde. Sie hatte sich bereit erklärt, ihre Großmutter Yuki'ni, Älteste und Schamanin des Volkes der Yuki'hiyaku, auf eine Expedition zu begleiten, von der sich der gesamte Stamm Aufschluss über das Phänomen des andauernden Tages erhoffte. Sie marschierten bereits seit Stunden, weiter, immer weiter, wie es schien, ohne bestimmtes Ziel.

Blind, wie sie durch die Helligkeit war, hatte Yuki'go längst die Orientierung verloren und wünschte sich inbrünstig, das Gelände um sich herum näher inspizieren zu können, um herauszufinden, wo sie sich befanden. Stattdessen musste sie den Kopf zum Schutz gegen die

Sonne gesenkt halten. Sobald Licht auf ihre Netzhaut traf, wurde der Schmerz unerträglich, das wusste sie. Sie hatte es versucht.

Für gewöhnlich waren die Wanderungen mit Yuki'ni vergnüglich und lehrreich. Die Alte beantwortete ihr nahezu jede Frage und führte sie im ewigen Frost zu den wunderbarsten Plätzen, die sich von der eintönigen Endlosigkeit der übrigen Landschaft gänzlich unterschieden. Orte, an denen man durch den Schnee hindurchblicken und die eigene Hand dahinter erkennen konnte. Orte, an denen Säulen wuchsen, die miteinander lange überdachte Korridore bildeten. Orte, an denen merkwürdige wiederkehrende Geräusche zu hören waren, die Yuki'ni *Tropfen* nannte.

Doch heute konnte Yuki'go keine Wunder, konnte gar nichts sehen und fand keine Fragen. Es waren keine *Tropfen* zu hören, denn heute erfüllte das Taggewitter ihre Ohren, jenes grollende Dröhnen, welches seit jeher die sonst kurzen taghellen Perioden begleitete oder auf diese folgte.

Yuki'go brachte der Schamanin tiefes Vertrauen entgegen, aber da sie die Lider geschlossen und das Haupt geneigt hielt und Yuki'nis Blicke trüb und leer waren, solange Yuki'go sich zurückerinnern konnte, schwanden ihre Hoffnung und ihr Glaube in den Sinn dieser Expedition mit jedem weiteren Schritt, den sie sich von der Siedlung Koori, ihrer Heimat, entfernten. Was sollten ausgerechnet sie beide entdecken können? Sie konnten ja nicht einmal das Geringste erkennen!

Trotzdem hielt Yuki'go eisern die linke Schulter ihrer Großmutter umfasst und stapfte hinterher, die Augen geschlossen, die Ohren erfüllt vom fernen Grollen.

Yuki'ni blieb stehen und atmete tief. »Was sprichst du, Kind?«

»Alles ist anders, Großmutter!«, korrigierte Yuki'go ihr vorheriges Gejammer und versuchte, dem Durcheinander in ihrem Kopf Ausdruck zu verleihen. Selbst der Widerhall ihrer eigenen Stimme klang nicht mehr vertraut. Einerseits schien jedes Geräusch seltsam erstickt zu werden, andererseits verlor es sich in der Welt, die undefinierbar weiter, größer und freier geworden zu sein schien.

Ja, alles war anders.

Die Alte nickte bedächtig, Yuki'go fühlte die Bewegung ihres Kopfes. »Du spürst es also auch.«

»Ich meine nicht nur das Licht, Großmutter, ich … es ist alles! Die Luft, der Wind, der Schnee, der Klang … Ich kann es nicht beschreiben, ich kann es nicht sehen, aber ich rieche, schmecke, fühle und höre es! Es ist allumfassend. Nichts ist, wie es war!«

»Große Richtigkeit liegt in dem, was du sagst, mein Kind. Ich weiß, ich weiß.« Yuki'ni sprach langsam und eindringlich, die raue Stimme erfüllte Yuki'go bis ins Bein, doch war sie nicht wie sonst im Stande, die Furcht von ihrem Herzen zu nehmen.

»Selbst du scheinst mir kleiner geworden zu sein, Großmutter«, flüsterte Yuki'go und kam sich abermals töricht vor. Doch ihre Hand auf der Schulter Yuki'nis wollte ihr weismachen, tiefer zu liegen als noch bei ihrer letzten Rast. Vielleicht stand ihre Großmutter in einer Senke – ihr Fuß ertastete nichts dergleichen – oder hielt ihren Rücken von der Anstrengung des Marsches tiefer gebeugt? Nein, nicht Yuki'ni. Yuki'go hatte die kraftvollen Bewegungen der Alten bei jedem Schritt der langen Strecke, der unter ihrer Berührung getan worden war, gespürt und zu keiner Zeit war diese Kraft geschwunden.

Trotzdem nickte die Schamanin. »Ich mir ebenso, mein Kind«, bestätigte sie, auch wenn Yuki'go unsicher war, ob sie dasselbe meinten. »Aber davon sollte unser Denken nicht sein«, fuhr sie fort. »Es ist schlicht der Lauf der Zeit. Erst kleiner, immer fester, letztendlich fort. Bald wird eine andere Yuki'ni sein. Eines Tages wirst du selbst Yuki'ni sein.«

»Sag das nicht!«, rief Yuki'go empört. »Ich möchte das nicht. Alles soll bleiben, wie es jetzt ist.« Sie stockte. »Oder besser, wie es war, bevor die Sonne sich zu bleiben entschied. Jetzt … gefällt es mir nicht. Ich habe Angst, Großmutter!«

Yuki'ni wandte ihr Haupt und richtete ihre blinden, weißen Augen auf das Licht. »Für so lange Zeit war es niemals hell«, sagte sie bloß und Yuki'go wusste, was sie meinte. Vielleicht würde es nie mehr so werden, wie es gewesen war.

Beide schwiegen.

»Lass uns heimgehen, Großmutter«, bat Yuki'go nach einer Weile. Das Dröhnen war noch lauter geworden und schien sich auszubreiten. Bebte gar der Boden unter ihren Füßen?

Sie fühlte erneut das Nicken von Yuki'nis Kopf. Es war ein Nicken, kein Zittern, bestimmt.

»Meine eigene Befürchtung ist, dass ich den Dingen, wie sie sich uns heute zeigen, voller Ohnmacht gegenüber stehe. Das hier ist größer als wir alle, mein Kind. Ich bin wahrlich klein gegen die Sonne. Wie könnte ich genug Macht besitzen, etwas gegen das tödliche Licht zu unternehmen?« Sie legte Yuki'go, die bereits Luft geholt hatte, um zu unterbrechen, einen Finger auf die Lippen. »Aber ich möchte dir ersparen, was mir in einer ähnlichen Zeit widerfahren ist«, fuhr sie fort, »darum erfülle mir eine Bitte: Lass uns dem Weg ein Stück weiter folgen. Nicht viel, eine kleine Weile noch. Ich bitte dich.«

Yuki'go fühlte, wie die kalte Hand ihren Mund verließ und nacheinander sanft ihre brennenden, geschlossenen Augen berührte. Bittere Gewissheit überfiel sie.

Das nächste stumme Nicken war ihr eigenes. »Wenn du es sagst, Großmutter.«

Und so liefen sie weiter, die blinde Alte voraus.

Yuki'go wehrte sich verbissen gegen das lähmende Gefühl der Schwere, welches sich schleichend ihrer Glieder bemächtigte. Der Gedanke an den Heimweg raubte ihr, obwohl sie sich sehr nach ihrer Heimat sehnte, den Mut.

Sie strauchelte. Und was sie unter den Fingern ihrer freien Hand, die sie schützend vorschnellen ließ, spürte, erschütterte sie bis ins Mark, weshalb sie unvermittelt stehen blieb.

Eine Wandernde Wand.

Die Tiefe.

Sie befanden sich in der Tiefe.

»Großmutter …!«, hauchte sie noch. Dann schrie Yuki'go. Ihr Kopf war hochgeschreckt und obwohl ihre Lider stark aneinanderklebten, hatte sie die Augen vor Entsetzen weit aufgerissen. Sie schrie im gleichen Augenblick vor Schmerz, da die Sonnenstrahlen sich in ihre Pupillen fraßen, und fand sich daraufhin weinend und sich windend auf dem eisigen Untergrund liegend wieder.

»Meine Augen«, wimmerte sie, »Großmutter, meine Augen! Es tut so weh, es brennt, ich kann nichts sehen, ich kann nicht denken! Mach, dass es aufhört, bitte, Großmutter!« Sie weinte und schrie, weinte und schrie, was ihr so unausweichlich erschien wie das Atmen. Das Licht brannte sich bis in die Tiefen ihres Körpers, ihr Dasein war nur noch erfüllt von Qualen.

»Ich weiß, wie es ist, oh, wie ich es weiß, Yuki'go.« Yuki'nis Stimme, dicht an ihrem Ohr, schwamm vor Hilflosigkeit, doch das nahm Yuki'go nicht wahr. Sie spürte kaum, wie Yuki'ni sich bemühte, sie festzuhalten, und wie ihre Tränen fortgewischt wurden.

»War es bei dir auch so, Großmutter, war es das Licht?«

»Es war das Licht, mein Kind«, bestätigte die Alte. »Was, als das Licht, diese Verderben bringende Tödlichkeit, hätte mir, mir, der Yuki'ni der Yuki'hiyaku, das Augenlicht rauben können! Es war das Licht, es ist immer das Licht!«

Auch der Schamanin rannen jetzt Tränen aus den trüben Augen. »Kannst du mir deine Vergebung schenken, Kind?«, flüsterte sie, ihre Enkelin unablässig haltend und streichelnd. »Kannst du verzeihen, dass ich dir nicht mit Offenheit gegenübertrat? Ach, meine Yuki'go, vom ersten Schritt an war die Tiefe unser Ziel! Wir sind in vollem Bewusstsein darüber aufgebrochen, dass ich hier ohne Macht bin. Wer, wenn nicht ich, sollte am besten wissen, dass wir diesem Feind ohne Waffen gegenüberstehen. Wer, wenn nicht ich! Ich hätte nicht schweigen dürfen, vergib mir, wenn du kannst. Du wärest nicht erschrocken, hätte ich dich eingeweiht. Oh, meine Yuki'go …«

Viel zu lange lag Yuki'go am Boden. Sie ließ sich von Yuki'nis rauer Stimme und ihren ebensolchen Händen wiegen und bemühte sich, mehr zu fühlen als das Brennen ihrer Augen, das Pulsieren ihres Kopfes und das Reißen und Ziehen in ihrer Magengrube.

Als sich endlich die Erschöpfung hinzugesellte, wurde ihr Schluchzen leiser und ihr Atem ruhiger. Sie hieß die Taubheit in ihren Gliedern willkommen, wünschte, sie brächte auch den Schmerz endlich zum Verstummen.

Die Tiefe.

Yuki'ni hatte sie in die Tiefe geführt. Sie hatte eine Wandernde Wand berührt. Niemals hatte sie eine gesehen, noch konnte sie eine Person benennen, die aus erster Hand von einem derartigen Erlebnis zu berichten gewusst hätte. Trotzdem zweifelte Yuki'go nicht einen Moment daran, dass es sich um eine der mysteriösen und furchteinflößenden

Wände aus den Schauermärchen der Alten handelte, die sie unter ihren Fingern gespürt hatte.

Es gab in ihrer Welt nichts von ähnlicher Beschaffenheit, nichts, was so glatt und eben, nichts, was nicht von rauem Reif bedeckt, von Kälte durchzogen oder von Feuchtigkeit durchtränkt wäre. Doch was sie gefühlt hatte, in diesen Sekundenbruchteilen einer Berührung, war zwar kalt gewesen, aber nicht rau. Da war kein Schnee, kein Reif, es war schlichtweg kalt gewesen. Und glatt. So ebenmäßig wie nichts, was ihre Gedanken begreifen konnten. Ein Schauer der Furcht durchlief sie. Was wäre gewesen, wenn die Wand gewandert wäre, in dem Moment, in dem ihre Finger sie gestreift hatten? Darüber mochte sie nicht nachdenken. Sie, Yuki'go, hatte eine Wandernde Wand berührt! Noch dazu während einer Sonnenperiode!

»Muss ich jetzt sterben, Großmutter?« Sie erschrak über den zittrigen und schwachen Klang ihrer eigenen Stimme.

Noch immer lag Yuki'nis Mund an ihrem Ohr. Leise lachend fragte sie: »Was schürt eine solche Befürchtung in dir?«

»Ich habe eine Wand berührt«, hauchte Yuki'go.

Die Alte küsste sie ins Haar. »Das habe ich auch getan, viele Male. Ich mag ihr Gefühl unter meinen Händen. Du hast sie gespürt, nicht wahr? Ihre Glätte, diese vollkommene Makellosigkeit.« Ihre Stimme verlor sich in Träumerei.

»Du hast mich niemals mit hierher genommen.«

»Nein, Yuki'go. Denn, obwohl ich jetzt mit Harmlosigkeit davon spreche, so sind die Geschichten dennoch wahr, die du über die Tiefe und die Wandernden Wände kennst. Viele Yuki'hiyaku kamen hierher und verschwanden. Viele wurden vom Licht überrascht und von den Wänden getötet, die urplötzlich kamen oder gingen oder wanderten und das Leben unter sich zerdrückten oder mit sich fortrissen. Bei Tag ist dieser Ort voller Gefahr und Tod, bei Nacht verströmt er verführerische Schönheit.«

»Wie sehen sie aus?«

»Die Wände? Ich weiß es nicht. Als man mich einweihte, waren meine Augen bereits nutzlos.« Yuki'ni machte eine Pause und küsste und streichelte erneut das Bündel in ihrem Schoß. »Ich hoffte, du könntest es mir eines Tages erzählen«, fuhr sie sehnsüchtig fort.

Es wäre still gewesen, hätte der Donner geschwiegen.

»Darum brachte ich dich hierher, verstehst du?« Die Schamanin schüttelte traurig den Kopf. »Nein, wie könntest du? Niemals war ich aufrichtig, wenn ich von der Tiefe sprach. Hier«, sie machte eine die Umgebung umfassende Geste, »gibt es Dinge, Dinge, die in Koori nicht sein können. Dinge, die auf den Höhen nirgendwo existieren. In einigen Wänden wächst etwas, ich nenne es Kraut. Ich hoffte, damit dein Augenlicht schützen zu können. Die Schuld an deinem jetzigen Leid trifft mich.«

»Großmutter.« Wieder glich Yuki'gos Sprechen mehr einem Ausatmen und sie war nicht sicher, ob Yuki'ni sie hören konnte. Versöhnlich wollte sie eine Hand auf die der Schamanin legen, doch gelang es ihr nicht, ihrem Körper diesen Befehl zu erteilen.

»Wo sind meine Hände?« Yuki'go fühlte, wie der Schlaf kam, um sie abzuholen. Keine Hände, keine Arme. Füße, Beine. Vor den Toren ihres Bewusstseins stand die Nacht.

Dankbar ließ Yuki'go sie ein.

»Yuki'go? Yuki'go!«

Yuki'ni fühlte das Kind in ihren Armen erschlaffen.

»Nein, Yuki'go, es ist nicht die Zeit für Schlaf, bitte!«, rief sie, ihre Enkelin immer stärker schüttelnd. Als sie den leblosen Körper näher an sich zog, begriff sie.

Die Sonne.

Die Hitze war zu viel für das junge Leben, Yuki'go schmolz und es war kaum mehr von ihr übrig als der Torso, den sie vermutlich durch ihre eigene Kälte am Leben gehalten hatte!

»Yuki'go!«, weinte die Alte und mobilisierte alle Kraft, um den reglosen, tauenden Leib auf, wie sie hoffte, schattigen und frostigen Boden zu ziehen. »Zu früh, es ist zu früh für dich!«

In ihrem Wehklagen bemerkte Yuki'ni kaum, wie auch sie langsam der Wärme erlag, wie sie sich selbst ins Verderben riss, bei ihrem vergeblichen Versuch, Yuki'go vor weiteren Sonnenstrahlen zu schützen. Sie riss und zerrte an der bewegungslosen Gestalt ihrer Enkelin, warf sich schützend darüber, schob und drängte, weiter, weiter, als schüfe ihr Handeln Aussicht auf Rettung für sie beide.

Sie war in mehr als einer Hinsicht blind gewesen. Nur an das Sehen, ihr Sehen und Sehnen, hatte sie gedacht.

Nur an das, was ihr seit Jahren fehlte. Unbeachtet waren die Folgen der Sonne geblieben, leichtsinnig missachtet die Besonderheit der jungen Yuki'hiyaku-Körper, denen die Festigkeit des Alters fehlte. Sie war es nicht wert, eine Yuki'ni zu sein. Sie war nichts als eine alte, blinde Närrin.

Aber jedes Erkennen kam zu spät. Ihre Yuki'go hatte es nicht geschafft. »Mein Kind!«, wehklagte Yuki'ni immer wieder. »Der junge Schnee stirbt vor dem alten Eis. Nie sollte es in dieser Reihenfolge geschehen, niemals! Nie sollten die Alten die Jungen überleben!«

Trauer rauschte über sie hinweg und machte die Wärme vergessen.

»Verzeih', mein Kind, verzeih'!«

Mitten in ihre Verzweiflung mischte sich ein Laut. Fern und fremd, eine Sprache oder doch nur Teil des Taggewitters?

»Jelena? Nicholas? Wer von euch hat das Eisfach offen gelassen?«

Es entlud sich heute sonderbar. Das Dröhnen blieb, grollte weiter, ein lauter Knall – und es herrschte vollkommene Finsternis.

Dass es so war, daran bestand kein Zweifel, auch wenn Yuki'ni es nicht sehen konnte, denn jeder Tag endete mit diesem berstenden Geräusch.

Und obwohl mit der Nacht die erlösende Kühle langsam zurückkehrte, half dies nichts mehr.

Eng umschlungen mit dem, was Yuki'go gewesen war, löste sich Yuki'ni in ihren eigenen Tränen auf.

HERBSTFRIEDEN

Zufällig fanden ihre Finger den Spalt und hielten einen Herzschlag lang inne, ehe sie das Staubtuch aus ihrem Griff entließen und vorsichtig die gesplitterten Kanten des gebrochenen Holzbodens befühlten. Sie tasteten sich weiter vor, darauf bedacht, nicht an einem Splitter hängen zu bleiben, und glitten tiefer in den verborgenen Zwischenraum hinein.

Als sie gegen einen Gegenstand stießen, wichen sie erst zurück, doch nachdem ihre Fingerkuppen den Fund achtsam befühlt und als Papier identifiziert hatten, holten sie ihn neugierig ans Tageslicht.

Ein Bündel Briefe. Trockenes, vergilbtes Papier. Sorgsam gestapelt, von einer Paketschnur zusammengehalten.

Langsam ließ sie sich in den alten Lehnstuhl sinken. Vor dem Fenster fegte ein Windstoß das Laub von der Fensterbank.

Ihr Mund war trocken, als sie den Knoten der Schnur löste, die Umschläge auf ihrem Schoß auseinanderfächerte und las, was darauf stand.

Liebste Helena hieß es auf dem Ersten.

Helena war ihre Mutter.

Liebste Helena auch auf dem Zweiten, nur *Liebste* auf einem weiteren und *Ach, Lena* auf dem untersten Umschlag.

Das Herz schlug hart in ihrer Brust, ihre Gedanken sprangen ungezügelt umher und dennoch verharrte sie reglos, starrte nur auf den Fund zwischen ihren Fingern. Alle Umschläge waren geöffnet, das Papier uneben, jedoch nicht geknickt, als wären sie zwar oft gelesen, aber wie ein Schatz mit Vorsicht behandelt worden.

Liebste Helena …

Nur eines konnte das bedeuten. Jetzt, heute selbst eine alte Frau, sollte es so weit sein? Jetzt, nachdem sie ein Leben lang nach Antworten gesucht und keine gefunden, nachdem sie mit allem abgeschlossen hatte? Das Haus bereits verkauft war, die alten Möbel ihrer Mutter einem Antiquitätenhändler anvertraut wurden, jetzt erst sollte sie finden, was sie ein Leben lang erhofft hatte?

Würde sie erfahren, wer ihr Vater gewesen war? Warum ihre Mutter ihn nie erwähnt hatte? Gäbe es eine Erklärung, weshalb sie dem Wahn anheimgefallen und ihr schier unerträgliches Leben eigenmächtig beendet hatte, ohne jemals jemandem auch nur ein Sterbenswort von ihrem Vater zu berichten oder sich darum zu scheren, dass sie ein kleines Mädchen allein zurückließ?

War es jetzt so weit?

War es heute überhaupt noch von Belang?

Sie schob die Briefe wieder zu einem Stapel zusammen, legte ihn auf den Tisch und blickte ihn an. Die Uhr auf dem Bücherregal tickte leise.

Lange saß sie da, reglos, ließ ihren Fund nicht aus den Augen. Doch irgendwann erhob sie sich und verließ das Zimmer.

Sie ging an diesem Tag früh zu Bett.

Im Morgengrauen bereits erwachte sie, kleidete sich an und betrat ohne ihr übliches Frühstück das Arbeitszimmer, setzte sich wieder in den Stuhl mit der hohen Lehne und dem vergilbten Bezug und blickte auf den Stapel, der auf der polierten Tischplatte lag und sie gleichermaßen verhöhnte, wie tröstend umfing.

Bis auf das Ticken der Uhr war alles still. Staub tanzte in den zarten Sonnenstrahlen der langsam aufgehenden Sonne durch das Zimmer.

Als sie sich nach einer Weile erhob, knarrten die Dielen unter ihrem Gewicht. Sie streckte die Finger, strich über den Brief zuoberst und hob ihn auf.

Sie atmete tief durch, ehe sie den Umschlag öffnete und drei, in einer schnörkellosen, geraden Handschrift eng beschriebene Seiten herauszog. Die Tinte war braun, wie getrocknetes Blut.

Liebste Helena,

so fern, so fern, so unsagbar fern.

Es ist nach wie vor ungewiss, wie lange meine Arbeit mich zwingen wird, hier zu verweilen, aber ich hoffe, bevor der Schmerz übermächtig wird, fasst Du Dir ein Herz und wirst mir nachfolgen. Ich kann es kaum erwarten, …

Sie schloss die Augen.

Zitternd falteten ihre Finger das Papier wieder zusammen und schoben es zurück in den Umschlag, legten ihn auf die anderen.

Sie fühlte sich, als hätte sie den Schlüssel zum Herzen ihrer Mutter gefunden. Als hätte sie den Schlüssel zu ihrem eigenen Leben gefunden.

Jetzt. Kurz vor seinem Ende.

Ich bereue nichts. Das waren die letzten Worte ihrer Mutter gewesen, an dem Morgen, an dem sie gegangen war, um zu sterben. Sie selbst war damals gerade acht Jahre alt gewesen.

Heute, viele Jahre später, bereute auch sie nichts.

Alles sollte bleiben, wie es war. Das Geheimnis, wo es gewesen war. Ihr Leben genau das, welches sie meist freudig gelebt hatte.

Sie schnürte die Briefe zusammen, verknotete das Paketband und beugte sich über die noch immer geöffnete Schublade des alten Schreibtisches. Sie schob ihren Arm weit hinein, fand das Staubtuch, sie hatte es völlig vergessen, und tastete nach dem Spalt, zwängte, als sie ihn gefunden hatte, das Bündel hindurch und ließ los.

Es. Sich. Alles.

Als sie den Arm zurückzog, rasch, erleichtert, unvorsichtig, bohrte sich ein Splitter des geborstenen Schubladenbodens in ihren Arm und riss die runzlige Haut während der Bewegung auf. Blut rann darüber, tropfte auf den Teppich mit dem verblichenen Muster und frischte sein Rot auf.

Sie lächelte, als sie zurück in den Lehnstuhl sank und dort verharrte. Die Uhr auf dem Bücherregal tickte leise. Sonst war alles still.

HANNAH

Hannahs Entschluss stand fest. Dieser Tag sollte ihr letzter sein. Sie fühlte keine Angst, haderte oder zürnte nicht. Es war die logische Konsequenz, jetzt, heute, diesen Weg zu gehen. Es existierte nichts, wofür es sich noch zu leben lohnte als das Leben selbst. Die Welt um sie herum starb. Niemand war übrig geblieben; außer ihr. Die vergangenen Monate des Unverständnisses, der Trauer und der Einsamkeit waren ihr wie endlose Jahre vorgekommen. Wohin sie sich auch wandte, überall stieß sie nur auf Zerfall und Tod. Es war an der Zeit, einen Schlusspunkt zu setzen.

Hannah mochte den Gedanken. Jeder Satz, jedes Kapitel, jedes Buch endete mit einem Punkt. Die Geschichte des Lebens auf der Erde hatte mit der großen Seuche kein ruhmreiches, aber dennoch ein fulminantes Finale erlebt. Übrig geblieben war nur sie: der Punkt. Sie war nicht mehr und nicht weniger als das. Ein kleiner Punkt. Ein winziger Punkt im Vergleich zu den endlosen Seiten zuvor. Und doch wichtig, um alles zu seinem Abschluss zu bringen. Denn ohne Ende kein Neubeginn.

Der Abstieg zum Strand entpuppte sich heute als Kinderspiel. Obwohl das zerklüftete Gestein der steilen Felswand in ihre Hände stach und Striemen und Risse auf ihrer

Haut hinterließ, fand sie mühelos jeden nächsten Tritt. Als Hannah das letzte Stück in den Sand hinuntersprang, fühlte sie sich leicht und beschwingt, als wäre ihr mit jedem Schritt ein Teil ihrer Last von den Schultern gefallen. Sie stemmte die Hände in die Hüften, reckte die Nase in den Wind und atmete tief ein. Die Luft roch nach Salz und Algen, sie war feucht und schwer und gleichsam kühl und erfrischend. Sie passte perfekt zu dem Neubeginn, den Hannah sich ausmalte. Der Wind blies das Alte, Vergangene fort, das Salz reinigte die Welt von dem, was sie krank machte. Die Wellen rauschten verhalten im heute dunklen Wasser, über dem sich dichte Wolken in einem schlierig grauen Himmel bauschten. Nichts störte die Idylle der kleinen Bucht. Zwar fehlten die Schreie der Möwen, aber dafür war das Ufer sauber und leer. Anderswo waren Unmengen toter Fische, Wrackteile und herrenlose Boote, Leichen und Müll an die Küsten gespült worden. Hier schien die Strömung alles davonzutragen, weit hinaus, aufs offene Meer. Einer der Gründe, weshalb Hannah diesen Ort gewählt hatte.

Sie zog ihre Schuhe aus und ließ sie zurück. Sie brauchte sie nicht mehr. Der Sand, kühl unter ihren Fußsohlen, flüsterte ihr ein Versprechen von Wärme zu, sofern sie gewillt wäre, die nächsten Sonnenstrahlen abzuwarten. Doch sie würde nicht warten. Sie würde ins Wasser steigen und immer weiter hinausschwimmen, bis es kein Zurück mehr gab. Bis die Strömung den Rest erledigte.

Hannah erreichte die Brandung und schloss die Augen. Wieder atmete sie die Seeluft ein. Sanft umspülten die

Wellen ihre bloßen Füße, ehe das Wasser wieder zurückging, um mit der nächsten Welle nur ihre Zehen zu benetzen. Sie vermisste die Möwen. Bis auf das Rauschen der Wellen und des Windes war alles so still. Sie schlug die Augen wieder auf und blickte lange in den bis auf die Wolken leeren Himmel.

Wie um sich ein letztes Mal zu vergewissern, wandte sie den Kopf und ließ ihren Blick rechts und links die verlassene Küste entlangwandern. Da sie nicht erwartet hatte, etwas zu entdecken, war Hannah überrascht, im Süden der Bucht, an dem Teil des Strandes, den ein ausgedehnter Felsvorsprung auf ihrem Weg ans Wasser vor ihr verborgen hatte, ein riesiges graues Gebilde aus dem Sand aufragen zu sehen, das am Tag zuvor noch nicht dort gewesen war.

Für einen winzigen Augenblick glaubte sie, es handele sich bloß um einen Findling, doch sobald sie in ihrer Erinnerung das Bild des Ufers zusammengesetzt hatte, wusste sie, dass dies nicht stimmte. Sie kniff die Augen zusammen, um deutlicher zu sehen, konnte aber lediglich ausmachen, dass es auch kein Schiff und kein anderes von Menschen geschaffenes und an den Strand gespültes Gerät sein konnte. Dennoch keimte ein kaum zu leugnender Funke Hoffnung in ihr auf. Gestern war dieses Ding noch nicht dort gewesen. Neugierig watete sie ihm durch die Wellen entgegen.

Es war weiter entfernt und noch größer als sie angenommen hatte. Es musste höher sein als ein Haus. Je näher sie kam, desto langsamer wurden ihre Schritte, bis sie schließlich ungläubig stehen blieb. Dies war kein Fels und kein Schiff, aber auch kein gestrandeter Wal. Vor ihr im Sand lag ein Drache.

Das war unmöglich, schließlich gab es keine Drachen. Aber hier lag dieses Wesen, so gigantisch in seinem Ausmaß und so wirklich, dass es sich kaum um eine Halluzination handeln konnte. Der Drache lag auf der Seite und streckte ihr seinen Hornplatten bewehrten Rücken entgegen. Der untere Flügel, abgespreizt auf dem Sand, bedeckte ihn wie ein Teppich bis fast zu ihren Füßen. Der zweite ragte wie ein angewinkelter Ellbogen in die Höhe, alles andere verbarg der massige Körper vor ihrem Blick.

Hannah ließ sich in den Sand fallen, zog die Knie eng an ihre Brust und starrte unentwegt auf das riesige Wesen. Aus der Nähe wirkte seine Oberfläche eher blau als grau, doch ein bisschen so, als wäre die Farbe verblasst oder ausgewaschen. Was mochte mit ihm geschehen sein? Wo war es hergekommen? War es vom Himmel gestürzt oder an den Strand gespült worden? Wo hatte es sich in all den Jahren zuvor verborgen? Gab es mehr von seiner Sorte? Und waren sie von der gleichen Krankheit dahingerafft worden wie all die anderen?

Sie spürte Tränen über ihre Wangen laufen. Zornig wischte sie sie fort. Die Zeit für Tränen war lange vorbei. Und doch saß sie hier vor dem toten Körper eines Fabelwesens und weinte.

Donner grollte von fern. Der Himmel über dem Meer hatte sich verdunkelt. Gewitter kamen an der Küste schnell und kräftig, doch statt zu ihrem Unterschlupf zurückzukehren, gab Hannah ihrem Wunsch nach, das Tier zu berühren. Sie stand auf und streckte ihren Arm. Die Haut über den Fingerknochen des Flügels war erstaunlich weich, vielleicht wie Flaum, junge Daunen unter dem Gefieder einer Henne. Die Flughaut dazwischen war ledrig und glatt. Wie gern hätte sie den Drachen fliegen gesehen! Die gigantischen Flügel in vollem Wind gespannt. Die Sonne lässt das eben noch trübe Graublau leuchten, die kraftvollen … – erschrocken zog Hannah ihre Hand zurück. Die Vision erlosch. Ihre Fingerkuppen pochten und ihr Herz hämmerte. Ganz deutlich hatte sie den Drachen vor ihrem inneren Auge gesehen! Mit ausgestreckten Schwingen und strahlend blau, nahezu eins mit den Farben des Himmels. Sie hatte den Wind gespürt, die Wärme der Sonnenstrahlen und eine unbändige Kraft und Freude, die sie durchströmte, als wäre sie selbst dort gewesen, als hätte sie sich selbst in einem Spiegel betrachtet. Sie schauderte. In ihrer Vision war die Sonne so warm gewesen, dass sie nun fror. Erste dicke Regentropfen platschten in den Sand um sie herum, auf ihre bloßen Arme, auf die Drachenschwingen.

Sie konnte nicht widerstehen und berührte das Wesen erneut. Sacht glitten ihre Finger an den Spannen des Flügels entlang, während sie sich dem Körper näherte. Wärme prickelte unter ihren Fingerkuppen. Mit jedem Schritt, jedem Herzschlag, flackerte die Vision in ihr wieder auf. Wärme. Kälte. Der Drache in den Wolken. Der Himmel düster und leer. Wärme. Regen, ein Blitz und Donnergrollen. Die Bilderflut starb, als ihre Finger den Flügel verließen und über den mit rauen Schuppen bedeckten Rumpf wanderten. Die tellergroßen Schuppenplatten schillerten wie der Körper einer Libelle unter den abperlenden Regentropfen. Der gewaltige Kopf lag schlaff im Sand. Augen, groß wie Bahnhofsuhren, starrten glasig ins Leere. Auch sie waren blau, von einem Türkisblau, wie Hannah es nur vom Meer kannte, vom Meer auf den Urlaubspostkarten aus der Karibik. Ihre Finger konnten sich nicht von dem reglosen Wesen lösen. Die Schuppen des Kopfes waren kleiner, aber noch immer hart, rau und beinahe so dick wie ihr Daumen. Unter dem kräftigen Kiefer jedoch wurden sie weicher, flexibler, und als Hannah schließlich vor den beiden mächtigen, mit jeweils fünf scharfen Krallen bewehrten Vorderpranken stand, und ihre Hand auf der Brust des Drachen ruhte, da kehrte das warme, pulsierende Gefühl unter ihren Fingern zurück. Hannah löste die seltsame Verbindung und legte die Hand prüfend an die eigene Wange. Es war keine Einbildung, ihre Handinnenfläche war warm. Was mochte das bedeuten? Sie verfluchte sich für die aufkeimende Hoffnung. War das Wesen nicht tot?

Um sich zu vergewissern, trat sie noch einmal näher an seinen Kopf heran und betrachtete die glasigen Augen. Ein Blitz zuckte über den Himmel und spiegelte sich in ihnen, aber sie konnte kein Leben darin entdecken. Regentropfen liefen an ihnen wie an Fensterscheiben hinunter.

Sie sammelten sich als große Tränen in den unteren Lidern und rannen dann wie schillernde Perlen über die Schuppen, ehe sie den Sand tränkten. Der Drache war wunderschön. Aber abgesehen von der Wärme, die aus seinem Innern stieg, zeugte alles, von seiner Haltung über die blassen Farben bis hin zu seinem Blick, unbestreitbar von Leblosigkeit und Kälte.

Auch Hannah zitterte mittlerweile. Der Regen hatte ihr T-Shirt und die Jeans vollkommen durchnässt. Frierend kehrte sie in den Schutz des Körpers zurück und suchte mit beiden Händen die Brust des Drachen nach einer wärmenden Stelle ab. Sie ließ sich davor nieder und schmiegte ihren Körper und ihre Wange dicht an seinen Leib. Die Wärme machte das Gewitter vergessen. Zwar sah Hannah den mittlerweile fast nachtschwarzen Horizont und die aufgepeitschte See, doch das Rauschen und Grollen war verstummt. Schleichend kehrten die fremden Wahrnehmungen zurück. Noch ehe der nächste Blitz zuckte, war Hannah eingeschlafen, umhüllt von der Wärme des Drachenherzens.

Diesmal flog sie nicht mit ihm über den klaren Himmel, diesmal kauerte sie genau dort, wo sie zurückgeblieben war, im Sand zwischen seinen Pranken. Doch das Meer war ruhig und die Sonne schien und zwei wache türkisblaue Augen sahen sie an und warteten.

»Träume ich?«, fragte Hannah.

Ein dünnes Lid zuckte schnell von der Außen- zur Innenseite der Augen und ihr Blick schien eindringlicher zu werden, obwohl sie ansonsten keinerlei Regung im Gesicht des Drachen feststellen konnte. Natürlich träumte sie.

Sie wollte gerade den Blick von dem des Drachen lösen, als eine klanglose Stimme Worte in ihrem Kopf bildete. *»Warum willst du sterben?«*

Hannah fühlte die Worte bloß, statt sie zu hören, und dennoch waren sie da, dennoch war Hannah sicher, dass die Stimme tief und weich und dröhnend war.

»Weil niemand mehr da ist«, antwortete Hannah laut und ohne wirklich nachzudenken. So wie sie in ihrer Vision des im Himmel fliegenden Drachen das Gefühl gehabt hatte, der Drache zu sein und ihn trotzdem von außen zu betrachten, so fühlte sie sich auch jetzt seltsam losgelöst von dem, was sie sagte und empfand.

Wieder blinzelte der Drache. *»Ich bin da.«*

»Du bist tot.«

Der Drache antwortete nicht gleich. *»Ein Drachenherz erlischt nicht so schnell«*, sagte er dann langsam.

»Dann … bist du lebendig?« Hannah wunderte sich. Natürlich hatte sie die Wärme in seinem Körper gespürt, aber ansonsten hatte es kein Anzeichen dafür gegeben, dass das Geschöpf lebte.

»Ich bin so lebendig und auch so tot, wie du es bist«, orakelte die Drachenstimme.

Hannah widersprach. »Ich bin nicht tot. Ich kann umhergehen, ich kann atmen und sehen. Und ich sehe ganz deutlich, dass du … dass du im Sand liegst. Reglos und stumpf und …«

»*Und du?*«, unterbrach die Stimme. »*Wie stumpf und reglos bist du? Der einzige Unterschied zwischen uns ist, dass du dich bewegen kannst.*«

»Das verstehe ich nicht«, sagte Hannah.

»*Du kannst den Ort, an dem du liegst, selbst wählen*«, erklärte der Drache und fast schien es, als würde sein Kopf eine nickende Bewegung zu dem Platz zwischen seinen Pranken andeuten. »*Dafür brennt in mir ein ewiges Feuer, während dein Funke kalt ist.*«

Hannah hatte das Bedürfnis sich zu rechtfertigen. »Aber ich sagte doch schon, es gibt niemanden mehr! Ich bin schon so lange allein. Hier existiert nichts mehr, was soll ich noch hier?«

»*Ich bin doch hier*«, wiederholte der Drache.

Hannah gab es auf, den Drachen darauf hinzuweisen, dass er tot war, und fragte stattdessen: »Bist du nicht allein?«

Der Drache lächelte. »*Du bist doch da.*«

»Ich meine, gibt es andere von deiner Art? Gibt es andere Drachen?« Dieses Wesen schien nicht zu merken, dass seine Antworten Hannah nicht weiterhalfen.

»*Wenn die meiner Art jemanden deiner Art gefunden haben …*«, erklärte der Drache geheimnisvoll, »*dann gibt es noch andere, ja.*«

Hannah verstand nicht, was das bedeutete. »Ich wünschte, ich könnte sie sehen.«

Der große Kopf kam näher. Das eine Auge war so dicht vor ihrem Gesicht, dass Hannah sich in der schmalen Pupille zur Gänze spiegelte. »*Bist du bereit für einen Neuanfang?*«

»Neuanfang?«

»*Du kannst dich bewegen, hast aber keinen Funken mehr. Ich kann mich nicht bewegen, beherberge aber ein ganzes Feuer. Wenn du mir deine Kraft gibst und bereit bist, dafür die meine anzunehmen, dann können wir etwas Neues schaffen*«, sagte der Drache.

Etwas Neues … Hannah dachte nur kurz an die Wellen und die Strömung und den Punkt. Vielleicht tat es auch ein Gedankenstrich – sie willigte ein.

Die Wärme an ihrem Körper, dort, wo sie gegen das Drachenherz gedrängt lag, nahm zu und breitete sich aus, bis sie sie schließlich gänzlich umhüllte.

»*Wir werden fliegen*«, dachten Hannah und der Drache.

Als sie aus ihrem Traum erwachten und ihre Augen öffneten, spürten sie, wie sie mit ihren kräftigen, leuchtend blauen Flügeln schlugen, die sie über das Meer trugen. In ihren Herzen sang es.

Und irgendwann, während ein anderer Wind und ein neuer Sturm sie umtosten, hörten sie in der Ferne einen Ruf und entdeckten ein paar riesige purpurfarbene Schwingen am Horizont.

Morgen

Ein einzelner Sonnenstrahl dringt durch dichte Baumkronen und findet sein Ziel auf laubbedecktem Waldboden. In seinem Schein tanzen tausende winzige Staubteilchen durch die sonst klare, reine Luft und entwerfen ein Bild des Friedens.

Die glatten, noch jungen Baumstämme des künstlich aufgeforsteten Buchenwaldes stehen hier nah beieinander, doch das Unterholz ist licht, die freie Fläche nur von rotgoldenem Laub und abgestorbenen Ästen bedeckt. Ich fühle die trockenen Blätter unter meinen bloßen Füßen kitzeln, höre sie bei jedem Schritt brechen und knistern. Die Kapsel einer Buchecker sticht wie zur Revanche in meine Ferse.

Ich genieße jeden Atemzug, jeden Moment dieses Gefühls von Natürlichkeit um mich herum. Ich inhaliere tief und weiß, dass ich niemals eine vergleichbare Luft atmen, nie spüren durfte, was ich jetzt wahrnehme: Frische und Kühle in den Lungen, ein erdiger, herber und gleichsam sanfter Geruch in meiner Nase. Ich möchte die Arme ausbreiten und fliegen, an einen Ort, an dem all dies ist, wie es ist.

Ich komme an einem moosbewachsenen, ausgedörrten Baumstumpf vorüber und verweile. Asseln und Käfer tummeln sich unter den dicken, halb verrotteten Wurzelsträngen. Der Kokon eines Falters klebt verdeckt in einer Furche, alles ist erfüllt von Leben. Es kriecht und kraucht, es wimmelt und wuselt. Vorsichtig hebe ich eine lockere Rinde an und staune über aufgeschreckte Ameisen, die ihr Nest in oder unter diesem Stamm errichtet haben und durch kleine Löcher ein- und ausgehen. Ehrfürchtig schaue ich ihrem geschäftigen Treiben zu, ehe ich meinen Weg fortsetze. Wasser gurgelt in der Nähe, ich möchte es erreichen. Fast schon kann ich fühlen, wie der Bach klar und weich über meine Zehen spült, als ich aus meiner Umgebung herausgerissen werde.

»Zeit fürs Bett!«, ruft die Stimme meiner Mutter.

Als sie die Tür öffnet und hektisch mein Zimmer betritt, springt die Lichtschranke an und schaltet den Holographen ab. Abrupt erlöschen die Bilder rings um mich. Der Wald, das Rascheln des Windes in den Ästen, das Prickeln unter meinen Fußsohlen, der Geruch. Alles ist fort.

Ich stehe in meinem grell erleuchteten Zimmer. Gerade werden Schlafnische und Duschkabine aktiviert und fahren aus den glatten, schmucklosen Wänden. Ich brauche einen Moment, um mich wieder zurechtzufinden.

»Gib mir den Memo-Stick«, murmelt meine Mutter ärgerlich, »du weißt, dein Vater schätzt es nicht, wenn du ungefragt an seine Sachen gehst.«

Wortlos ziehe ich den Datenträger aus meinem Holoprojektor und reiche ihn ihr. Ja, mein Vater hasst meine Faszination für die Vergangenheit. Unabhängig davon, ob ich nach etwas frage oder nicht.

Als meine Mutter den Raum verlässt, betrete ich die Duschkabine. Kein Laub klebt zwischen meinen Zehen. Der heiße Nebel öffnet meine Poren und spült jeden nicht vorhandenen Dreck von mir ab, reinigt so gründlich und steril, dass ich mir nicht einmal eine Erinnerung an die Projektion ins Gedächtnis zurückrufen kann.

Bevor ich ins Bett gehe, werfe ich einen sehnsüchtigen Blick aus dem Fenster. Ich solle dankbar sein, direkten Zugang zu einem zu haben, sagt man mir ständig.

Dort, weit unten, schweben die Bruchstücke dessen, was einmal der Ursprung unseres Lebens gewesen sein soll.

Sie nennen es Erde.

Das Fehlen des Flüsterns im Wind

Zeit. Für den einen ist sie das Ticken einer Uhr, das Tropfen von Wasser, das Rieseln von Sand auf warmen Stein. Für mich klang sie einst wie das Knistern und Knacken der Holzscheite im Feuer, wie das Vibrieren des dumpfen Gongs in den von Räucherstäbchen duftschwangeren Räumen meines Palastes. Diese Stunden, in denen ich mich in deinen Augen verlor, schienen für die Ewigkeit gemacht. Doch geblieben ist nichts als Stille.

Ich stehe auf der obersten Plattform des Turmes, der wie ein halbzerfallener Wächter über der kargen Bucht aufragt. Dem Turm, der mir Erlösung versprach. Erlösung und Verderben liegen oft nah beieinander.

Sand und Salz kitzeln meinen Bart. Ich halte den Griff des geschwungenen Saifs an meinem Gürtel so fest umklammert, dass die zahlreichen Silberringe tief ins Fleisch meiner Finger schneiden. Der Wind zerrt an meinem Haar, bläht meinen Umhang und lässt die weite, schwarze Wüstentracht an meinem Körper flattern. Ich müsste sein Pfeifen zwischen den Säulen hören, das Knattern des Stoffes oder zumindest das Rauschen der Wellen tief unter mir. Aber alles ist still. Jeder Tag ist Schweigen.

Lautlos steigt ein Schwarm Vögel über dem Wasser auf und zieht im verblassenden Licht der Sonne landeinwärts, dem Gebirge entgegen. Ich blicke ihnen nach, bis sie eins werden mit dem dunkler werdenden Himmel. Die Welt bewegt sich mit quälender Langsamkeit. Man sagt, in der Wüste stehe die Zeit still. Und obwohl die Ödnis erst hinter den Bergen lauert, bin ich geneigt, dem zuzustimmen. Ich stehe hier seit Jahr und Tag; und mögen auch Sand und Wind die Mauern meiner Stadt schleifen, die Gesichter meiner Diener wechseln und ihre Anzahl schrumpfen, so ist dies doch alles, was sich wandelt. Während sie sich andernorts unablässig weiterdreht, verblasst meine Welt. Und ich fürchte den Augenblick, an dem nichts von ihr bleibt als ein Haufen Sand.

Als sich die ersten Sterne zeigen, steige ich die gewundene Außentreppe des Turmes hinab und folge dem langen Wehrgang zurück in den Palast, vorbei an Wachen in weißen Kurtas mit roten Schärpen und Turbanen, die mir im Fackelschein zunicken und den Weg freigeben, ohne dass ihre Lanzen über den Boden scharren. Oft spiegelt sich Furcht in ihren Augen, manchmal Mitleid. Ich weiß nicht, weshalb sie noch hier sind. Vielleicht, weil sie nichts anderes kennen, hier hineingeboren wurden. Der Palast ähnelt einem verdorrten Bienenstock. Die letzten Arbeiter und Drohnen schwirren um ihre Königin und halten alles am Leben. Die Bienenkönigin bin ich – der traurige Prinz. Der schwarze Prinz. Der verfluchte Prinz. Sie gaben mir viele Namen. Passend sind sie alle.

In meinen Gemächern ist es kühl. Hier schürt niemand mehr das Feuer. Ich habe es verboten. Es weckt zu viele

Erinnerungen. Die durchscheinenden, mit Gold bestickten Vorhänge bauschen sich vor den hohen Fenstern. Obwohl sie bei Tag in allen Farben leuchten, scheinen sie im Dämmerlicht schwarz zu sein. Schwarz wie meine Gedanken hüllen sie mich ein, während ich im Rundbogen vor dem Balkon stehe und horche. Bis auf wenige erleuchtete Fenster des Palastes ist die Umgebung dunkel und leer. Und still. Kaum einer verirrt sich noch in diese Gegend. Ich bin nichts als eine Legende. Die Welt hinter der Wüste hat vergessen, dass es mich wirklich gibt. Und ich habe sie vergessen, denn sie hat mir nichts mehr zu bieten.

Ein Lichtschein drängt sich in meine Gedanken und ich sehe mich um. Ein Diener betritt mit reich gefülltem Tablett und einer Öllampe das Zimmer und stellt beides auf den flachen Tisch neben dem Diwan. Ich sehe die Bewegung seiner Lippen und erlaube ihm mit einem Nicken zu gehen. Er weiß, er wird die Mahlzeit morgen nahezu unberührt vorfinden.

Längst bin ich es müde, in die Finsternis zu starren. Ich bin erschöpft. Seit Tagen halte ich mich wach. Ich will nicht, ich darf nicht schlafen. Doch danach fragt mein Körper nicht. Er muss schlafen.

Die kühle Seide der Kissen auf meiner Haut weckt augenblicklich meine unstillbare Sehnsucht und sofort bist du bei mir. Sofort fühle ich deine Fingerspitzen, die die Konturen meines Bartes nachfahren und dann sacht meine Lippen berühren. Dein Gesicht so dicht vor meinem, ich rieche und atme dich, kann dich lachen sehen.

Deine Berührung brennt wie Feuer auf meiner Haut. Ich bin gefangen zwischen dem Wunsch, mich dieser Phantasie hinzugeben und dir nah zu sein, und dem Wissen, dass ein Nachgeben mich nur schneller in den Traum hinabziehen wird. Ich will nicht schlafen.

Als meine Lider unaufhaltsam zufallen, zerreißt die Stille. Im Schlaf höre ich mich deinen Namen schreien. Ich brülle aus Leibeskräften, während ich gegen die Schatten ankämpfe, die mich festhalten. Ich schreie mir die Kehle blutig. Ich winde mich unter ihren Griffen, trotze Schlägen und Tritten, versuche, meine Arme zu befreien, mein Schwert zu erreichen, zu sehen, was mit dir geschieht. Jede Nacht kämpfe ich um dich. Jede Nacht verliere ich den Kampf.

Schließlich kann ich mich nicht mehr rühren. Ich atme Staub und ein schwarzer Schleier senkt sich über mich. Alles verschwimmt. Ich höre, wie mein Keuchen immer schwächer wird, der Hufschlag ihrer Pferde sich entfernt, ein Schnauben. Das Knirschen von Sand und das leiser werdende Rumpeln von Holzrädern über unwegsames Gelände, das dich für immer aus meinem Leben reißt. Und dann: Schweigen.

Der Himmel ist noch frei von den roten und goldenen Schlieren, die den Sonnenaufgang ankündigen, als ich schweißnass und mit brennender Kehle den Laken entfliehe. Dass ich erholt aus dem Bett gestiegen bin, ist sehr lange her.

Die Öllampe ist verschwunden. Statt ihrer steht ein Räuchergefäß auf dem Bajot, das sanften Weihrauchgeruch verströmt. Einige der im Zimmer aufgestellten Messinglampen werfen ihre verspielten Licht- und Schattenmuster an die Wände. Saubere Kleidung liegt bereit, im Raum nebenan dampft Wasser im Becken.

Jede Generation Bediensteter wird ohne mein Zutun von der vorhergehenden gut unterrichtet. Ich habe lange niemanden mehr fortschicken müssen. Sie wissen, dass ich die Einsamkeit vorziehe. Dass ich niemanden ertrage, der jedem meiner Schritte folgt, mich ankleidet oder gar badet. Vor allem Letzteres nicht. Jeder Besuch im Bad erinnert mich unweigerlich daran, dass meine Träume nicht nur Träume sind. Die Narben auf meinem Körper sind nie verheilt, ebenso wenig wie die auf meiner Seele. Doch zumindest hörte mein Fleisch irgendwann auf zu bluten.

Das lange Haar klebt mir noch schwer am Rücken, als ich auf den Balkon hinaustrete. Ich kann den Turm von hier aus sehen. Wie ein Speer aus Sandstein mit ihm als Spitze ragt die äußere Mauer mahnend vor dem Blau des Meeres und des Himmels, so dass es unmöglich ist, ihr nicht mit den Augen zu folgen und ihn zu übersehen. Im Osten klettert die Sonne langsam über die Berggipfel und taucht die Kuppeln und Zinnen, die Terrassen und die sonst so dunklen, leeren Fensterhöhlen der Stadt in rotes Licht. Wäre dies so gewesen an dem Tag, an dem ich meine Entscheidung traf, vielleicht hätte ich anders gehandelt. Vielleicht wäre es mir eine Warnung gewesen, dem blutroten Turm fernzubleiben. Vielleicht. Doch es ist müßig, darüber nachzudenken. Ich kann die Vergangenheit nicht ändern. Selbst wenn ich es könnte, jeder Schritt zurück führt zu einem weiteren, den ich gehen müsste. Ich hörte schon als Kind die zahllosen Geschichten über den Propheten im Turm. Über den Propheten, der das Wetter beeinflussen und mit den Winden sprechen kann, der die Zeit vorhersagt und mit den Seelen der Toten kommuniziert. Der alte Mann ist lange fort und die Geschichten des Turmes handeln heute von mir. Und von dir. Du hättest sie gemocht, sie sind allesamt tragisch und künden von Opfern und der einen großen Liebe, die alle Zeit überdauert. Aber ich habe gelernt, dass es wenig erstrebenswert ist, Teil einer Geschichte zu sein. Schöne Worte und romantische Wendungen verklären die Tatsachen, Schmerz und Leid dienen nur der Spannung auf dem Weg zum Ziel. In der Wirklichkeit harre ich vergebens auf das erlösende Ende.

Und obwohl ich heute den Unterschied zwischen Dichtung und Wahrheit kenne, führt mein Weg mich wieder nach draußen über die Bucht. Vielleicht ist es die Hoffnung, die mich unweigerlich hierher zieht, vielleicht das Fehlen von Alternativen. Wohin sonst könnte ich gehen? Ich habe überall nach dir gesucht. Jahrelang. Es gibt in der Welt keinen Ort, an den ich noch gehen könnte.

Meine Hand ruht eine geraume Weile an der hellblauen Holztür, die in das Innere des Turmes führt. Die Farbe ist an vielen Stellen abgeplatzt, der Rahmen teilweise morsch.

Wer genau hinsieht, kann Überreste einer braunroten Spur erkennen, die vom Türknauf bis auf den Boden verläuft. Die Tür ist verschlossen, seit ich das Ausmaß meines Fluches erkannte. Verstand, was ich mir gewünscht hatte.

Die Stimme des Propheten klingt mir noch heute im Ohr. Sie war ruhig und überlegt, seine Augen ganz klar. »Schenkt Eure Erlösung Eurer Liebsten, Hoheit«, sagte er zu mir. »Dann habt Ihr Gewissheit, dann könnt Ihr Frieden finden. Ihre Seele wird eins werden mit dem Wind und wer weiß, vielleicht kehrt sie eines Tages zu Euch zurück.«

Ich hörte nur, was ich hören wollte. Rückkehr. Erlösung für mich, Erlösung für dich. Wenn man dich quälte, so hätte dies ein Ende. Wärest du tot, so wäre deine Seele frei. Und ich gäbe nichts auf, an dem mir etwas liegt. Es nähme bloß die Ungewissheit von mir. Dass ich dir meinen Tod überließ, ihn dir ungefragt und egoistisch aufzwängte, dich ermordete, wurde mir erst später bewusst, viel später. Der Prophet war lange tot, mein Vater gerade gestorben und ich blickte in den Spiegel, an dem Tag, an dem ich gekrönt werden sollte, und erkannte, was jeder längst wusste: Ich war ein Monster. Um keinen Tag gealtert. Kein graues Haar und keine Falte. Unwillkürlich berühre ich meine Wange. Bis auf die große Narbe, die von der Schläfe zum Kinn führt und eine helle Spur durch meinen dunklen Bart zeichnet, ist die Haut noch immer makellos.

Ich erschien nicht zur Krönung, auch nicht als sie ein zweites und drittes Mal angesetzt wurde. Ich schloss mich ein und verweigerte mich den Staatsgeschäften. Ich sorgte für den ersten Eklat, als man mich mit aufgeschnittenen Pulsadern genau hier, vor der Tür des Turmes fand. Blutend und schreiend und atmend.

Angeekelt wende ich mich ab und kehre der Tür den Rücken. In die Treppenstufen hinauf zur Turmspitze haben meine Schritte über die Jahrzehnte eine Mulde gegraben. Im ganzen Palast finden sich Spuren meines Lebens und Sterbens. Auch tief unter mir, sofern das Meer nicht längst das Rot von den Felsen gespült hat. Es ließ sich nicht verbergen, was ich tat. Es ließ sich nicht verbergen, was ich war, dass ich nicht starb, auch wenn ich alles daran setzte, mein Leben zu beenden. Sie schickten Ärzte und Geistliche zu mir. Verabreichten mir Medizin, später Gift. Sie sorgten sich, dann fürchteten sie mich. Und verbreiteten Geschichten. Zuerst verließen nur wenige Menschen die Stadt. Doch als ihnen bewusst wurde, dass es keinen König mehr gab, dass ich sie nicht führen oder beschützen würde, da ließ das bunte Treiben auf dem Markt deutlich nach. Die Karawanen, die über die Berge kamen, wurden seltener und irgendwann liefen auch keine Schiffe mehr im Hafen ein. Alles, was in diesen Mauern geblieben ist, bin ich. Ich und eine Handvoll Getreuer, die es nicht besser wissen. Und die Leere, der Schmerz und die Stille.

Auch anderes verblasst mit der Zeit. Wenn man beginnt, sich auf ein ewiges Leben voller Einsamkeit einzulassen, verliert vieles an Bedeutung. Nicht meine Liebe zu dir, aber Reue oder der Durst nach Rache. Ich habe auf meinen Reisen jeden Sklavenhändler getötet, der mir begegnete.

Doch es verschaffte mir schon damals keine Genugtuung, geschweige denn, dass es dich mir zurückbrachte.

Niemand bekommt immer seinen Willen. Und selten entspricht das, was wünschenswert schien, auch tatsächlich dem, was man erhoffte. Mein Wunsch wurde erfüllt. Die Ungewissheit ist fort. Es steht fest, du wirst niemals lebend zu mir zurückkehren. Erlöst hat mich dieses Wissen nicht. Auch nach so vielen Jahren sterbe ich noch immer jeden Tag an der Wunde, die dein Verlust hinterlassen hat. Noch immer führt mich jeder Tag auf den Turm, warte ich vergebens auf ein Flüstern im Wind und lausche dem Schweigen meines Lebens, nur um in den Nächten zu hören, wie es mir genommen wird.

Zeit. Sie rinnt wie Sand durch die Finger der Menschen. Doch anstelle eines Stundenglases halte ich eine ganze Wüste in den Händen. Der Sand fließt und fließt und während die einen hoffen, den Fluss anzuhalten, bitte ich, er möge endlich versiegen. Der Wind ist mein einziger Vertrauter. Er kühlt die sengende Hitze der Mittagssonne auf meiner Haut. Ich blicke über das Meer und hoffe, dass deine Seele mich eines Tages findet. Vielleicht wird die Zeit dann wieder mehr für mich sein als das Fehlen eines Flüsterns im Wind.

Danksagung

Wie so viele Bücher hätte auch dieses nicht entstehen können ohne die Hilfe anderer, denen an dieser Stelle mein Dank gebührt. Und da dies mein erstes Buch ist und ich nicht diejenigen außer Acht lassen möchte, die meinen Weg bis hierher begleitet haben, ist diese Liste etwas länger. Ich nehme es Ihnen nicht übel, wenn Sie sie überspringen, liebe Leser.

Da wären, wie könnte es anders sein, an erster Stelle meine Eltern, die mir von klein auf die Liebe zum Buch vorlebten und mir durch Märchen, Sagen und Legenden den Weg zur Phantastik wiesen.

Dem »Klassensprechertriumvirat+1 der Bibu/Bibo 97-99« Ilka, Claudia und Sonja, die schon an mich glaubten, lange bevor ich es tat. Meiner »Prinzessin« Susanne, die immer wieder nach meinen ersten Romanversuchen fragte und sich gerne daraus vorlesen ließ, sowie allen Autorenkolleginnen und -kollegen des Wuppertaler Literatentreffens, die mich »Küken« in ihren Kreis aufnahmen und mir seither mit ihren Erfahrungen, ihrer Kritik und ihrem Zuspruch unterstützend zur Seite stehen.

Natürlich gilt mein Dank meinem Mann Dennis, der mir den Raum zum Schreiben lässt, mir als Testleser dient, auch wenn er eigentlich gerade überhaupt keine Lust darauf hat, und der damit leben kann, dass der Wäscheberg manchmal ins Unermessliche wächst, während ich den dritten Abend der Woche zu einer Lesung oder einem Autorentreffen verschwinde. Ebenso meinem Sohn Simon, der oft zurückstecken muss, wenn Mama »noch schnell« etwas zu Ende schreiben will, und der trotzdem nicht stolzer sein könnte. Euch beiden gehört all meine Liebe.

Dieses Buch und viele der in ihm enthaltenen Geschichten gäbe es nicht ohne meine »Lektogentin« Tanja Mehlhase, die mich vor einigen Jahren aufgelesen und mich überhaupt erst ermutigt hat, mein Schreiben öffentlich zu machen. Die die ersten Schritte mit mir gegangen ist, mich aufgebaut hat, wenn ich alles hinterfragt habe, die mich immer wieder mit ihrem Textverständnis beeindruckt und mir in unzähligen Nachtschichten ihre Zeit und manchmal auch ihre Nerven geopfert hat.

Liebe Tanja, Du hast mir geholfen zu wachsen und mich weiterzuentwickeln, Du gibst mir Selbstvertrauen, wenn mein eigenes auf Reisen ist. Du bist mir Lektorin, Agentin und schon lange liebe Freundin. Du bist mein stärkster Kritiker und gleichzeitig wohl mein größter Fan. Ich weiß nicht, wie ich Dir all das je vergelten kann. Danke für alles!

Mein Dank gilt dem acabus Verlag und seinem Team um Daniela Sechtig für das entgegengebrachte Vertrauen und die immer freundliche, hilfsbereite und engagierte Arbeit an diesem Projekt.

Danke allen BibliothekarInnen auf der Welt, die uns die Tore in andere Welten geöffnet halten und sie beschützen. Allen voran Claudia, Charlotte, Stefanie, Petra und Christian. Und natürlich Giles. Ihr seid die Größten!

Und nicht zuletzt danke ich natürlich Ihnen und Euch, liebe Leserinnen und Leser, liebe RezensentInnen und BesucherInnen von Lesungen. Ohne Euch wären wir, unsere Worte und unser Tun überflüssig. Verlieren Sie bitte nie Ihre Liebe für Geschichten. ♥

Bibliographie

Lichtbringer (2015)
In »Das Fehlen des Flüsterns im Wind … und andere phantastische Geschichten aus dem Halbdunkel«, acabus Verlag, 2018

Der Zaun (2015)
In »Das Fehlen des Flüsterns im Wind … und andere phantastische Geschichten aus dem Halbdunkel«, acabus Verlag, 2018

Hunger (2013)
In »Das Fehlen des Flüsterns im Wind … und andere phantastische Geschichten aus dem Halbdunkel«, acabus Verlag, 2018

Purpurnacht (2013)
In Martina Meier (Hrsg.)»Verliebt, verlobt …«, Edition ToMa, 2013

Dyson (2015)
In Tanja Mehlhase (Hrsg.) »Das Geräusch der fliehenden Zeit«, 2018

Wurzelwaise (2013)

In »Die Wächter«, Sperling Verlag, 2013

Eskimo & Schmetterling (2010)

In »Das Fehlen des Flüsterns im Wind … und andere phantastische Geschichten aus dem Halbdunkel«, acabus Verlag, 2018

Claire (2012)

In »Weltentor Mystery«, Noel-Verlag, 2013

Und in »Die Putzfrau des Dr. Apokalypse«, Schreiblust-Verlag, 2014

Zwillinge (2013)

In Alexander Drews (Hrsg.) »24 kurze Albträume«, Begedia Verlag, 2013

Und in »24 Gruselgeschichten für den Advent«, Ars Edition, 2017

Der Wunsch (2013)

In Kirsten Bronx (Hrsg.) »Neue Nimmermärchen«, CreateSpace, 2014

Der Puppenspieler (2014)

In »Das Fehlen des Flüsterns im Wind … und andere phantastische Geschichten aus dem Halbdunkel«, acabus Verlag, 2018

Billy (II) (2002)

In »Das Fehlen des Flüsterns im Wind … und andere phantastische Geschichten aus dem Halbdunkel«, acabus Verlag, 2018

Engel (2004)

In »Einfach nur ein Engel«, net-Verlag, 2012

Ein Sommernachtstraum (2014)

In »Das Fehlen des Flüsterns im Wind … und andere phantastische Geschichten aus dem Halbdunkel«, acabus Verlag, 2018

Die Legende vom Halben Halbach (2013)

In »Von allen etwas«, Verlag von Dannen, 2015

Die Seele der Angst (2009)

In »Das Fehlen des Flüsterns im Wind … und andere phantastische Geschichten aus dem Halbdunkel«, acabus Verlag, 2018

Die Yuki'hiyaku und das Licht (2011)

In »Geheimnisvolle Wesen … sie kommen«, net-Verlag, 2012

Herbstfrieden (2011)

In Marie Rossi (Hrsg.) »Goldener Herbst«, Elbverlag, 2012

Hannah (2017)

In »Das Fehlen des Flüsterns im Wind … und andere
phantastische Geschichten aus dem Halbdunkel«, acabus
Verlag, 2018

Morgen (2011)

In »Das Fehlen des Flüsterns im Wind … und andere
phantastische Geschichten aus dem Halbdunkel«, acabus
Verlag, 2018

Das Fehlen des Flüsterns im Wind (2016)

In »Das Fehlen des Flüsterns im Wind … und andere
phantastische Geschichten aus dem Halbdunkel«, acabus
Verlag, 2018

DIE AUTORIN

Miriam Schäfer wurde 1978 in Wuppertal geboren, wo sie auch heute mit ihrem Mann und dem gemeinsamen Sohn als freie Autorin und Schulbibliothekarin lebt. Sie studierte in Berlin Neuere deutsche Literatur und Japanologie und veröffentlichte seit 2012 mehrere Kurzgeschichten in verschiedenen Anthologien. 2014 wurde sie für »Claire« mit dem Deutschen Phantastik Preis für die »Beste deutschsprachige Kurzgeschichte« ausgezeichnet.

Mehr unter: www.miriamschaefer.com

Weitere Titel im acabus Verlag

Michaela Abresch

Meermädchen und Sternensegler

ISBN: 978-3-86282-334-5
BuchVP: 11,90 EUR
188 Seiten, Paperback

Ein Buch zum Träumen, Sehnen und Sternensegeln.

Sieben zauberhafte Geschichten entführen den Leser in märchenhafte Welten, an die unbändige Küste des Atlantiks und in die dichten Wälder des Nordens. Sie erzählen von der Sehnsucht nach Freiheit und dem Wunsch nach Zweisamkeit, von der Suche nach dem eigenen Glück und der Magie der Selbsterkenntnis. Durch Mut und Zuversicht werden Träume Wirklichkeit.

»Er flog mit dem Wind. Schneeflocken auf den Lippen. Eiskristalle in den Haaren. Ein Licht im Herzen.«

Markus Walther

**Gute und Böse
Nachtgeschichten**

ISBN: 978-3-86282-255-3
BuchVP: 11,90 EUR
212 Seiten, Paperback

Schläfst du schon oder liest du noch?

Mit seinen „Kürzestgeschichten" schafft Markus Walther
wahres Kopfkino: Gedankenspielereien mit Vampiren, Mas-
senmördern, Trekkies, Kuriositäten und dem Mann von nebenan – jeder hat seine Leiche im Keller.

Die ganzen Abgründe des menschlichen Miteinanders passen
in die Form einer Kurzgeschichte. Gewürzt mit einer gehöri-
gen Portion schwarzem Humor, sind diese Kurzgeschichten
eine unterhaltsame Bettlektüre, bei der du garantiert nicht
einschlafen wirst!

Unser gesamtes Verlagsprogramm
finden Sie unter:

www.acabus-verlag.de
http://de-de.facebook.com/acabusverlag